Princess Knights

プリンセスナイツ

上巻

ミンク　原作

前薗はるか　著

PARADIGM　NOVELS 140

登場人物

ディスタル　ランディスの父。公明正大な善王だったが、キプロスに倒され逝去。

ランディス

竜族の国グランダの王子。偉大な王である父に過保護に育てられたため、気の弱いところがある。

共に闘うナイツたち

エレシス　クリエイラの姫君。勇敢で誇り高い少女。

アーネス『カルドナの女豹』の異名を持つ強い剣士。

マレーナ『風の指輪』の守護者。争いごとが大嫌い。

ノリス　元傭兵。寡黙で陰があるが気配りができる。

メイ　ナイツではないがバドムの歴史に詳しい少女。

ティキ　クルアスタの下部組織から足抜けしてきた。

クレア　クリエイラ国レジッタの街に住む、薬草売りの少女。追っ手を逃れ隠棲するランディスを匿っていた。優しく朗らか。

敵国レンガルト陣営

フィルネス　新興国レンガルトの王で、フェスタック大陸全域の支配をもくろむ。

バネッサ　ランディスの初恋の相手。すぐれた魔術師としてディスタルに仕えていた。現在は、レンガルト側にいる。

キプロス　レンガルト四天王の筆頭。常に冷静で剛胆な性格。

アルディーヌ　四天王の一人。覇王フィルネスを慕っている。

ビュリ　アルディーヌの妹。顔立ちは幼いが、冷酷な魔術師。

ミルディー　ランディスの実の妹で、グランダの姫君。レンガルト襲来以降、行方不明になっている。

フェスタック大陸

はるか太古の時代、邪神ガルデスと竜神ディメテルの苛烈な闘いがあった。戦に勝利した竜神ディメテルは、邪神の恐怖からフェスタック大陸を解放した。その竜の血を継ぐ一族を、竜人と呼ぶ。
竜人の治めるグランダ国を宗主と仰ぎ、フェスタック大陸は実に1600年もの間、平和を享受してきたが……。

【Granda グランダ】
ランディスの祖国。不思議な能力を持つ『竜人』によって統治されている。フェスタック大陸の宗主国でもあり、偉大な『竜の国』として人々から尊敬を集めていたが、レンガルト軍の猛攻の前にあえなく崩壊。善王との誉れ高いディスタル王の死と共に、廃墟と化す。

【Clieara クリエイラ】
豊かな森林の広がる『森の国』。レンガルトから地理的にもっとも離れているため、レンガルトに抵抗する最後の砦となっている。

【Lengalt レンガルト】
『覇王』フィルネスの統治する国。建国10年に満たない新興国で、かつてはソーディア王国と呼ばれていたが、フィルネスの台頭と共に国名を改め、フェスタック大陸統一の狼煙を上げる。

第1章　クレア

第2章　アーネス

第6章　ミルディー

目次

プロローグ

「う、ぐ……」

「っ！　父さん！」

ディスタル王のがっしりした体がぐらりとゆらいで、ランディスは反射的に叫び声をあげていた。

「大丈夫？　しっかりして、父さん――！」

「心配、するな……」

荒い呼吸の合間からディスタルは吐息のようにそう呟《つぶや》いた。ランディスの肩に回した腕に力をこめる。

「わしはこの程度のことでは死なぬ。急ぐぞ、ランディス――」

「は、……はい………」

口ではそう言っていても、ディスタルの顔色は紙のように白い。呼吸は苦しげでひどく乱れており、一歩足を進めるごとにその足元には血だまりができる。

この場を落ち延びることができたとしても父王が一命をとりとめる可能性は限りなく低いだろう。武人としての訓練をほとんど受けていないランディスにさえ、わかる。

「竜魂殿《りゅうこんでん》だ、ランディス――」

うわごとのように、耳もとでひくい声が呟く。

「あそこまで、たどりつけれ、ば……」

「うん、父さん」

鍛え上げられた筋肉に覆われたディスタルの体躯《たいく》はそれだけにひどく重い。対してろくに鍛えておらぬランディスの体はおそろしく貧弱で、そして膝《ひざ》は恐怖にがくがくと震えている。父王を支えるだけでも荷が重く、歩みは遅々として進まなかった。

ごうごうと、炎の燃えさかる音が響く。時折どこかで何かが崩壊する轟音《ごうおん》がまじって、そのたびにびくっと体が震えた。

もうすでに抵抗できる兵士がほとんど残っていないのか、先ほどまであちこちから聞こえてきていた剣戟《けんげき》や悲鳴、呻《うめ》き声はもう聞こえない。

昨夜遅くから今までの、たった半日にも満たない時間で。

グランダ王国は崩壊の時を迎えようと——いや、すでに崩壊していた。

長い歴史を誇る、竜人の国が。

「大丈夫だ、ランディス……」

苦しげに喘《あえ》ぎながらディスタル王が呟く。

「必ず、おまえは落としてやる。おまえさえ生きておれば竜人の血統は絶えぬ。いつか王国を再興することも……ぐふっ！」

「喋《しゃべ》らないで！　父さん！」

またぐらりとかしいだ父の体を抱き支えて、ランディスは強く頭を振る。

「そんなことはあとでいいから！　それに、僕だけ生きてたってなんにもできないよ！　父さんがいてくれなきゃ——」

「何を言う」

うすく、ディスタルは笑った。

「おまえももう、十分に指導者として立てる年齢だ。わしがいなくても」

「いやだ——いやだよ！」

父王の言葉を遮って、強く頭を振る。

「そんなのいやだ——！」

「ランディス」

ディスタルはかぶりを振った。

「とにかく、竜魂殿に——」

「そうはさせぬ！」

「！」

張りのある声が響き、反射的に体が震えた。

おそるおそる背後をふり返る。

「……っ………！」

「ようやく見つけましたぞ、竜王陛下《へいか》」

プロローグ

にやりと、男が笑った。

それは、激しい戦闘の合間にちらりと垣間見《かいまみ》た、敵国レンガルト軍を指揮していた男だった。

堂々たる体躯を包む鎧《よろい》も精悍《せいかん》な顔もべっとりと返り血に濡《ぬ》れ、幅広の剣を握った手甲も乾きかけた赤黒い血にまだらになっている。

しかしその剣だけは血脂を拭《ぬぐ》っているらしく、刃は鋭い光を放っていた。

「グランダ王ディスタル陛下」

不敵な笑いを唇に浮かべて、男は丁重な口ぶりで一礼した。

「レンガルト四天王の一、キプロスが引導をお渡し申し上げる。ご子息ともども、現世と別れを告げられるがよろしかろう」

「あ……――」

キプロスと名乗った男に視線を向けられた瞬間。

ぞっとするものが内臓を握りしめたように感じた。

冷えた瞳《ひとみ》。

殺戮《さつりく》に酔っているどころか、おそろしく冷静な。

それでいて他者の生命を奪い殺すことに、何ひとつのためらいも罪悪感も感じていないかのような――。

「あ、……ぁ…………」

敵襲、レンガルト軍奇襲、と狂ったように叫ぶ声に寝台から跳ね起きて以来震えのとまらなかった体がいっそう大きく震えはじめる。

「く、っ……」

ディスタル王がよろめきながら身を起こした。

「――！　父、さん……？」

父王がいまだに手放さずにいた剣を握り直したのを見て、ランディスは息を飲む。

「どうするつもりなの？　そんな状態であいつと戦ったって――」

「走れ――ランディス」

キプロスを睨《にら》み据《す》えて、ディスタルが囁《ささや》く。

「竜魂殿だ。わしもすぐに行く」

「で……でも」

「行くのだ」

「そん、な……。できないよ、父さんを置いていくなんて！」

「いいから、行け！」

「あっ！」

生命さえ失いつつある体のどこにそれほどの力が残っていたのか。父王に手荒く突き飛ばされてランディスはよろめき、そして数歩たたらを踏んで地面に倒れ込んだ。

「父さん……！」

「早く行け！」

ディスタルはもうランディスには視線を向けなかった。両手で剣を握って支え、皮肉げに唇の端をあげて彼らのやりとりを見守るキプロスに剣先を向ける。

「――……往生際が悪うございますなあ、陛下」

くくっ、とキプロスは喉《のど》を鳴らした。

「しかしそれでこそ王者たるお方だ」

ぎらりとその瞳が光る。

「あっぱれなるそのお心意気、武人として心底よりご尊敬申し上げる。不肖《ふしょう》キプロス、全力をもってお相手つかまつろう！」

剣を構えたキプロスが回廊の床を蹴《け》る。

「参れ、小わっぱ！」

ディスタルもまた床を踏みしめて、迎え撃つ体勢をかためた。


夢だ、これは。

悪夢だ。

そうに……ちがいない。

それ以外の何かであるはずが、ない——。

悪夢で、……あって、くれ。


「ぬおっ！」

「く……っ！」

剣のぶつかり合う鋭い音。激しく飛び散る火花。その合間に聞こえてくる呻き声や荒い息づかい。

ランディスはなにかひどく非現実的な光景を見せられているような気がして、呆然《ぼうぜん》とその戦いを見つめていた。

「うぐ……っ！」

「あ——！」

剣先を払われたものの体を丸めて体当たりをしたキプロスの肩を胸元に受けて、ディスタルがバランスを崩す。

にや、とキプロスが凄惨《せいさん》な笑みを浮かべたのが、はっきりと見えた。

「父さ……——！」

叫びかけるよりも先に。

プロローグ

鈍く重い音とともに、剣の先端がディスタルの背から飛び出てきた。

父王の体を剣で突き通した男が、父の肩ごしににたりと笑う。

「う……うわあぁぁっっっ！」

「ラ、ンディ、ス……！」

悲鳴をあげ頭を抱え込んで体を丸めた耳に、不明瞭《ふめいりょう》に濁った父の呻き声が忍び込んできた。

「りゅ、……竜魂殿、へ………行けっ！　早、く……！」

「だ、……だ、って……！」

かすれた声でランディスはかぶりを振った。

行けるものか。

瀕死《ひんし》の父をこんなところに——あの男の剣に串刺《くしざ》しにされたまま残して。

どうやって一人だけ逃げることなど、できるのだ。

「父さん……父さんも一緒じゃなきゃいやだ！　行けないよ僕！」

よしんば逃げ落ちることができたとして。

この父の庇護《ひご》を失ってしまったランディスに何ができるというのだ。

彼はまだ、子供でしかないのに。

剣は与えられていたけれど、ちゃんとした訓練など受けたことはない。

あとで徐々に習っていけばよかったはずなのだ。

政治のことだって彼は何も知らない。

偉大な父が王国を揺るぎなく統治していたし、よしんばランディスが早く王位を受け継ぐことがあったとしても、その時は父前王が必ずランディスを傍《かたわ》らで支え、さまざまなことを教えて導いてくれることに決まっていたのだ。

いきなり一人で逃げろなんて、どうしてそんなむちゃくちゃなことをいわれなければならないのだ。

そしてそれ以上に。

怯《おび》えきりすくみあがった体はただがたがたと震えるばかりで、立ち上がることなどできはしなかった。

父王がその敵を鮮やかに打ち倒して、いつも見せてくれていたような力強い笑みを彼に向けて、さあ行くぞランディス、もうすべて終わったのだ、何もかも大丈夫だ、と助け起こす手を延べてくれるのでなければ。

立ち上がることなんか、絶対に無理だ。

まして一人だけ逃げるなんて。

だいたいそんな卑怯《ひきょう》なことができるものか。

「できない、よ……父さん…………僕」

「馬鹿者《ばかもの》っ！」

大音声の一喝《いっかつ》に、びくっ、と体が震えた。

「いいから行くのだ、ランディス！　ぐ、ふ……っ、……早く！」

キプロスの剣に貫きとおされたまま瞳をこちらに向けた父の目が、今まで見たこともない険しさでランディスを睨み据えた。

「……っ……」

ごく、と喉が鳴った。

「早、く……行け！」

「う……う、ん……」

父の目の強さに気圧《けお》されて、ようやく、体が命令に従った。

懸命《けんめい》に立ち上がり、ランディスは回廊を、めざしていた方向へ進む。

竜魂殿を、めざして。

萎《な》えた足はまだ震えていて、ともすればへたりこみそうになる。

それでも崩れかけた壁にすがり、懸命に己《おの》れを励まして、ランディスは父の命じたとおり、ようやくのことで竜魂殿へとたどりついた。

「はぁ、はぁ……はあ、……」

喉がひりひりと痛む。

あたりを見回して、そしてランディスは泣きたいような気分になった。

言われたとおり、竜魂殿にはたどりついた。

だが――……この先、彼はいったいどうすればいいのだろうか。

竜魂殿は、王宮のもっとも奥まった一画にある。その名のとおり、グランダ王家の祖先と伝えられる竜神をまつった神殿で、回廊から枝分かれした走廊はここで行き止まりとなる。

もう王宮はだめだ、とにかく竜魂殿をめざせと――重傷を負いながらランディスが身をひそめていた隠し部屋に転がり込んできた父王に言われて、父とともに竜魂殿へと向かっていた。

ここに来ればどういうふうに逃げ延びることができるのか、ランディスは知らない。

引き返せば――さっきの男が、おそらくは。

だが、ただここにいても、いずれは……。

「父、さん……」

震える呟きがこぼれた。

「僕……僕どうすればいいんだよ。教えてくれなくちゃわからないよ……」

竜魂殿は竜王家、ひいてはグランダ王国にとって神聖な場所だ。王族でなければ立ち入ることは許されない。

人けもなく、それだけに逆にここで殺された人もいなかったのだろう。竜魂殿の中はひっそりと静まり返っている。動きを妨げないようにランディスは軽い鎧を身につけていたが、その鎧のたてる音でさえが冒涜《ぼうとく》的に感じられるほどだ。

先ほど見たあの陰惨な光景はやはり白昼夢だったのではないか。

そんなことをふと考えた時だった。

「ほう――」

嘲《あざけ》るような声が聞こえて、はっとふり向いた。

「ここが、かの竜魂殿か」

血塗《ちまみ》れた剣を片手に、キプロスがにやにやと笑っていた。

「竜族の聖地で、最後の竜人として命を落とす、か――。なかなか詩的だな」

「………」

喉が干上がって、声が出なかった。

男の握った剣先から生々しくしたたる赤い液体は。

あれは、あの偉大な父の……。

「く、……来る、な……」

かろうじて絞り出した声は泣き出しそうに震えていて。

くくっ、とキプロスは肩を震わせて笑った。

「そう言われて俺《おれ》が引き返すとでも思うか？　竜王子」

「――……っ……」

キプロスが竜魂殿に一歩足を踏み入れる。

神聖な、竜族の神殿に。

多くの悲鳴と血と命とをふみにじってきた――足で。

「来るな………来るなぁっ！」

震える手で、ランディスは腰の剣を引き抜いた。キプロスに剣先を向けて構える。

「くく……」

ひどく愉快そうにキプロスの喉が鳴った。

「そんなへっぴり腰で俺と半合でも切り結べると思っているのか？　馬鹿か貴様は」

「来る、な、……」

「なぁに、心配するな。俺も慈悲を知らぬわけではない」

うすい笑いを浮かべたまま、さらにキプロスはランディスとの距離を詰める。

「一瞬で逝《い》かせてやる」

「……――！」

全身の血が凍った。

殺される、のだ。

なんの理由もなく突然攻め込んできて、王宮を崩壊させ、誰《だれ》もに心から敬愛されていた偉大な父を殺した、この見も知らぬ男に。

ただ、グランダの王子であるという、たったそれだけの理由で。

どうして、そんな理不尽なことが。

視界が白く染まった。

「うぉ……っ？」

奇妙な呻き声。

自分が意識を手放したのではなく、ほんとうにまばゆい光が竜魂殿にあふれているのだと気がついたのは、わずかな間があってからだった。

「き、……貴様、ディスタル…………！」

白い光の向こう――竜魂殿の入り口。そうと判別できるかできないかの人影。

「父、さん……。…………！　うわぁ……っ！」

白い光が、爆発した――ように思えた。

（……ス……。……ラン、……ディス……）

「う、……ん――」

（ランディス。我が息子よ――）

「……父さん…………？」

父の声に、うっすらとランディスは目をあけた。

「——！」

ここは、いったい——どこなのか。

ランディスの周囲はまるで夜のように暗かった。

たくさんの星が見える。

天井も、いや床さえもなく。

何もないどこかに、ランディスは浮かんでいた。

（ランディスよ——）

声は、聞こえてきていた。だがランディスの傍らに、父王の姿はない。

「父さん……？　父さん、どこ？　どこにいるの？　父さん！」

（聞け、息子よ）

星をちりばめた空の向こうに、かすかに——父の姿がおぼろに浮かび上がっているのが見えた。

（強くなれ）

「え——？」

（強くなるのだ、ランディス。グランダの……いやフェスタック大陸の未来は、すべてお

まえの肩にかかっている)

「どう、いうこと……？　フェスタックの？　そんな……父さんならともかく、僕にそんなこと言われたって！」

(頼んだぞ、ランディス——この世界を)

「待って——父さん？」

ディスタルの姿が揺らいで、薄れていく。

(強く、なるのだ……息子よ)

聞こえてくる声も弱まっていた。

(この世界の未来は——おまえ……に…………)

「父さん？　待って！　いやだよ、どこへ行くの！」

彼に語りかける父王の気配が弱まっていく。

「どこに行くんだよ！　いやだよ、こんなところに僕を置いていかないで！　僕は父さんがいなかったら、どうしていいかわからないよ——！」

(……息子、よ…………)

もうほとんど、頼もしい父の声は聞き取れなくなっていた。

(強く……、…………なれ……)

「父さんっっ！」

ふっ、と気配が消えた。

「父さん——————！」

そう叫んだ自分の声が、最後の記憶となった。

第1章　決意

「…………ん？」

ぶるるっ、と鼻を鳴らす音とともに濡《ぬ》れた鼻面を頬《ほお》に押しつけられて、ランディスは顔をあげた。

じっとのぞきこんでくる、穏やかな黒い瞳《ひとみ》。

そこに心配げな色がある。

「……ごめん、フリッサ」

ちいさく微笑《ほほえ》んで、ランディスはユニコーンの頭を撫《な》でてやった。額の一本角の根本をかいてやると、フリッサは目を細めてランディスの手に顔をこすりつけてくる。

「大丈夫だよ――僕は」

優しい生き物の慰撫《いぶ》に微笑んで、ランディスは湖面へ視線を戻した。

あれから――レンガルトの突然の奇襲によってグランダが滅びてから、三年という時間が過ぎた。

だが今でもまだ、ランディスはあの日のことを鮮明に思い出すことができる。

崩れ落ちる王宮。父の背から突き出たキプロスの剣先。

「…………」

強く膝《ひざ》を抱いてランディスは唇を噛《か》んだ。

三年の間に、レンガルトは野火の広がるような勢いでその勢力を広げ、今やフェスタック大陸のほとんどを己《おの》れの領土に組み入れてしまった。
まだ、建国から十年にも満たない新興の国が。

何年か前、大陸北のソーディア王国に政変があった。新しく国主となったフィルネスは『覇王《はおう》』を名乗り、国の名をレンガルトと改め、フェスタック統治をうたって、グランダに襲いかかった。

平和に慣れていたグランダはレンガルトの猛攻の前になすすべもなく滅びた。

いや、グランダだけではない。

大規模な戦乱など、千年——いや、人類の歴史が記録されるようになってからでさえ千六百年以上。それ以前からの長きにわたって、戦争などというものは存在していなかった。

人々ははるかな太古、フェスタック大陸を襲った邪神ガルデスの脅威から大陸を解き放ってくれた竜神ディメテルへの感謝と敬意を忘れず、竜神の能力と記憶を与えられた竜人の子孫によって統治されるグランダを宗主国と仰いで、互いに友好的な関係を維持してきたのだ。

今なおレンガルトに屈することなく抵抗を続けているのは、もっともレンガルトからは遠い、ここ「森の国」クリエイラただ一国のみになってしまった。

ランディスが身を潜めているこのレジッタの村はクリエイラの中でもさらにレンガルトから離れた辺境、大陸の最果てにある。さすがにこのあたりでレンガルト兵を見かけることはなく、日々は穏やかだが、首都クリエイラのあたりでは毎日激しい攻防戦が繰り広げられていると聞いていた。

ため息がもれた。

いったいなぜ、レンガルトがあんなことをするのか——人を無数に殺して、がむしゃらに領土を広げることの何がそれほど重要なことなのか、ランディスには理解できない。

人を殺して、他人のものを奪って。

その上にふんぞりかえって支配者づらをする——吐き気のする利己主義だ。

幸い、レジッタは戦火とは無縁の土地だ。

父が彼をここへ送り込んでくれたのは、これからの人生を静かに、平穏に生きろとの心づかいだったのだろう。

そのことには、ほんとうに感謝している。

あとはもう——あのおぞましい記憶を一日も早く忘れて、穏やかな心持ちで暮らせる日々を取り戻すだけだ。

時間はかかるだろう。だが、いつかは——。

と、傍《かたわ》らのフリッサがふいにいなないた。

「うん?」

顔をあげると、フリッサが彼の袖《そで》をくわえて引く。

「なんだ？　どうしたんだ？　フリッサ」

目を丸くしたランディスにはかまわず、フリッサは鼻を鳴らしながらさらにランディスの袖を引く。

「どうしたんだよ、一体」

いぶかしみながらもランディスは身を起こした。立ち上がると、フリッサがこっちだ、とでも言いたげにまた袖を引っぱる。

「わかったよ――わかったから。引っぱるなって。破けちゃうよ。クレアにつくろってもらわなくちゃいけなくなるだろう？　叱《しか》られるのは僕だぞ？」

苦笑して、ランディスはフリッサの口元から袖を取り戻した。

朗《ほが》らかで優しいクレアは、ランディスがフリッサに袖を破かれたと言っても叱りはしないが、やはり無用なつくろい物を増やすのは気がひける。

クレアは、この湖畔《こはん》に飛ばされ、ここがどこかもわからずに途方にくれていたランディスを見つけてくれた少女だ。老いた祖父ゼルトフと村外れで二人暮らしの彼らの家に、ランディスはそれ以来、身を寄せている。

グランダの王子であることが知れるとレンガルトに狙《ねら》われるかもしれない。ゼルトフとクレアに迷惑をかけないために、ランディスは村にさえめったには出ない。ゼルトフやクレアの手伝いはできる限りしているが、仕事をして賃金を得ることもできない、完全な居候《いそうろう》だ。袖のかぎ裂き一つといえど、迷惑をかけたくはなかった。

ランディスが従う意志を見せるとフリッサは満足げに鼻を鳴らして、歩き出した。数歩行って、ランディスをふり返る。

「はいはい――行くよ。ついていけばいいんだな?」

苦笑を大きくして、ランディスは頷《うなず》いた。歩き出すとフリッサはたてがみを振って、先に立って行く。

フリッサの行き先があまり遠くでなければいいのだが――。ランディスは今日、クレアが薬草を採りにくるのに付き添って来たのだから、待ち合わせた場所からあまり離れるとクレアを心配させてしまう。

「……ん?」

ぱしゃん、と、魚が跳ねたにしては不自然な水音がして、ランディスは足をとめた。前方にあったしげみを、フリッサが鼻先でかきわけるような仕草をする。

首を傾《かし》げながら、ランディスはしげみを腕で押しのけて、奥へと入っていった。

(あ…………!)

どきん、と心臓が跳ねた。

そこにいたのは、一人の女だった。

しかも――全裸の。

長い白銀の髪と褐色《かっしょく》の肌。引き締まった腰、豊かな乳房――。そこを伝う水のしずくが陽《ひ》を受けてきらきらと光って、ランディスの目をひきつける。

思わず、ごくりと唾《つば》を飲んだ時、足元の小枝が折れて、大きな音をたてた。

「！　誰《だれ》だ！」

「あ――」

鋭い視線が的確に音の方向を見分けて、ランディスの姿をとらえた。

「す、……すみません」

険しい瞳に睨《にら》み据《す》えられてランディスは慌てる。

「あの、別にのぞくつもりだったわけじゃ……たまたま、音が聞こえて、それで……。あ、あの……すみませんでした！」

「待ちな！」

きびすを返そうとしたランディスを、張りのある声が硬直させた。

「え…………うわあっ！」

岸辺の衣服の中から突如細身の剣を抜いた女が飛びかかってくる。

銀色に光ってひらめいたのは女の長い髪だったのか、それとも剣だったのか。

「あ、……あ…………………」

「……なんだい、ボウヤ、そんな顔してさ」

腰が抜けてへたりこんだランディスを見下ろして、女はくすっと笑った。

「べつにアンタを狙ったわけじゃないよ。ほら——見てごらん」

「え……？　あ！」

女が目で傍らの地面を示して、そちらへ視線をやったランディスは息を飲んだ。

体を二つに切られて、ぴくぴくとうごめいている虫——。

「ゼニバ毒虫だ……」

「危なかったね」

あでやかに笑って、女は体を拭《ふ》くために持ってきたのだろう、幅広の布を拾い上げ、簡単に体に巻きつけた。長い髪をさばいて背後に流し、あらためてランディスを見る。

「で——アンタ、何者だい？」

「え？　ええ、と……」

「……ん？」

まだ驚きから立ち直りきっていないランディスが返事をできずにいるうちに、女はぴくりと眉《まゆ》を寄せた。

「ちょっとアンタ——そのペンダント」

「……え？」

「それだよ。ちょっと見せな」

言うが早いか女は手をのばして、ランディスの胸元にさがっていたペンダントをつかんだ。いつもは服の中に入れてあるのだが――どうやら尻《しり》もちをついた時にこぼれ出たらしかった。

まずい――そう思って女の手からペンダントを取り戻そうとした時だった。

「アンタ、まさかとは思うけど、もしかして……竜王子かい」

「！」

顔がこわばったのがわかった。

竜王子――。

グランダ王家は、竜神よりその神秘の力を与えられた竜人オンベリアスを祖として発している。そのためグランダは「竜の国」と呼ばれ、王は竜王、王子は竜王子とも、確かに呼ばれていた。

ランディスのペンダントは、グランダ王家の紋章をかたどったものだ。今となってはランディスの王族としての身分を証す唯一のもので、逆に争いに巻き込まれることを避けるならば捨ててしまうべきものだったが、それは同時に父の形見とも思えて捨てることはできずにいた。

「僕は、……そんなものじゃ」

「ああ――。もしかしてワタシを疑ってるんだね」

視線をそらして呟《つぶや》くと女はくすっと笑った。

「心配しないでおくれ。ワタシはレンガルトじゃない。むしろレンガルトを憎んでる立場の者さ。アンタ――グランダの王子だろう？　そうだよね？」

ちがう、と。

喉元《のどもと》まで言葉が出かかって、そして喉にひっかかってとまった。

なぜ、否定しなかったのか――わからない。

身を乗り出した女の、深くえぐれた胸の谷間に、瞬間、目を奪われたのかもしれない。

「そうだね？　やっぱり、そうなんだね」

女は目を輝かせ、いっそうランディスのほうへ身を乗り出して来た。

「そうか――そうだったんだね！　こんなところに身を潜めてたのかい！」

「あ、あの……僕は」

「今さら隠したって無駄《むだ》さ。ねえ――竜王子」

「え……う、うわっ！」

ふいに女の声がねっとりとした響きを帯び、下帯のあたりをまさぐってきた手にランディスは思わず悲鳴をあげていた。

「な、な……なんなんですか、あなた！」

「ふふっ。……もしかしてはじめてかい？　竜王子」

いやらしい手つきでランディスの股間《こかん》を撫で回しながら女は含み笑いをもらす。

「なあ、いいだろう？　ワタシをナイツにしておくれよ。ね？」

「ナイ……ツ…………？」

淫靡《いんび》な微笑と性器をまさぐろうとするしなやかな手。女が何を言っているのかまったく理解できず、混乱してランディスはただ女の言葉をおうむ返しにする。

「そうさ。ナイツだよ。ああ——ほら、何ぼんやりしてるんだよ！　気の利かない男だねまったく！」

「ちょ……ちょっと」

女がぐいとランディスの手をつかむ。布を一枚まきつけただけの、その布の内側へと手を押し込まれて、ふわりとした和毛《にこげ》が指先に触れた。

「や、やめてください！　どういうことなんですか——いったい！」

「だからナイツにしてくれって頼んでるんだってば。竜族なんだろ？　アンタ」

苛立《いらだ》たしげに女は鋭く舌打ちした。

「女をナイツにできるのは竜の血だけだって、アンタだって知ってるだろ？　だからさ、……ね？　頼むよ」

「あ……ちょ、っと………」

女がさらに奥へとランディスの手を押し込み、和毛の奥にあった、ぬるりとぬめるものが指に触れた。

「ね？　ほら……もう熱くなってるだろ？　ワタシの、ソコ」

喉声で笑いながら女は囁《ささや》き、ランディスの耳たぶを尖《とが》った歯でかるくかじる。

「ワタシをナイツにしてくれたら――アンタの力になってあげるからさ。アンタだって戦力はほしいだろ？　レンガルトを倒すのにさ」

「――！　やめろっ！」

かっと、目の前が真っ赤になった。突き飛ばされて、女がきょとんと目を見開く。

「なんだよ――いったい」

「僕は、レンガルトと戦うつもりなんかない！」

「……なんだって？」

「どうして僕が戦争なんかに巻き込まれなくちゃいけないんだ！　勝手に決めるな！　僕

は戦争なんかまっぴらだ！」

「アンタ………」

「……ランディス？　どこですか？　ランディス？」

柔らかな声がランディスを呼ぶのが聞こえた。

ふり返ると、しげみをかきわけてやってくるクレアが見えた。

「ああ――……クレア」

「こちらだったんですね。どうなさったんです？　なにか、叫び声が……あ」

女の姿に、クレアが一瞬絶句する。

ランディスは立ち上がった。

「行こう、クレア」

クレアの腕をつかんで、促す。

「え……？　あの、ランディス？」

「いいんだ――行こう」

「待ちな！」

クレアを押しやるようにしてその場を離れようとしたランディスの背に、女が鋭い声を投げかけてきた。

「……なんですか」

ふり返り、ランディスは女を睨みつける。

しかし女も、負けず劣らずに険しい表情でランディスを睨みつけていた。

「どういう意味だい、今のは。アンタ、まさかレンガルトを倒す気がないなんて言わないだろうね？」

「だったらどうなんですか」

むっつりと、ランディスは言い返した。

「僕がどうしようと僕の勝手でしょう。僕は戦いなんか大嫌いなんだ。戦争なんて、冗談じゃない。戦争になったら人がたくさん死ぬんですよ？　どうして僕が自分で人を殺すための争いをはじめなくちゃいけないんですか」

「どうして？　アンタ竜王子だろう——世界じゅうの心ある人間の希望は、みんなアンタにかかってるんだよ？」

「そんなの、僕の知ったことじゃない！」

むっとしてランディスは叫び返した。

もうたくさんなのだ——人が死ぬのを見るのは。

ランディスは父を殺された。偉大で、かけがえのない人だった父を。

妹、ミルディーは——消息がわからない。だがたぶん、殺されたのだろう、あの愛らしく可憐《かれん》な妹も。そうでなければ、父が彼とともに落としたにちがいない。

母は幼いころに亡くしていたから母までもをあの卑劣な侵略者たちに手にかけられずにはすんだが——その上、生まれた国さえ滅ぼされた。

もうじゅうぶんすぎるほど、ランディスは奪われているのだ。

王座など望まない。国を奪い返すことなど考えていない。

なのになぜ、そんなふうになじるような口調で責められなくてはならないのか。

「あなたが戦いたいなら、勝手にやってください。僕は関係ないですから。……行こう、クレア」

「お待ち！　ランディス！」

女が叫んだが、もうランディスはふり返らなかった。むしろ傍らのクレアのほうが女を気にして、幾度もふり返る。

「ランディス！　気がかわったらイルードの地下酒場へおいで。ワタシはたいていそこにいるから。待ってるよ」

背後から女がそう叫んでいるのが聞こえた。

「……ランディス？」

クレアが心配そうに見上げてくる。

ランディスは微笑んで、首を横に振った。

「いいんだ、クレア。気にしないで」

「…………はい」

クレアは目を伏せて、頷いた。

「ふむ……」

話を聞き終えて、ゼルトフはちいさく頷いた。

「それはおそらく『カルドナの女豹《めひょう》』アーネス……でしょうな」

「カルドナの……女豹？」

「はい。カルドナの砦《とりで》にあらわれたレンガルト軍を撃退し、あの『光の剣』キプロスにも一撃を見舞ったという逸話を持つ女戦士でございます」

キプロス、という名に、思わず体が震えた。

瀕死《ひんし》の重傷を負っていたとはいえ、グランダ一の戦士と謳《うた》われた父王ディスタルを手にかけた、あの男に――昼間の女は勝ったことがあるというのか。

「とはいえ……結局カルドナもレンガルトの攻勢を防ぎきることはできず、ついには陥落してアーネスも命からがら落ち延びたと聞いております」

ゼルトフは続けた。

「噂《うわさ》によれば、義勇軍をつのり、再起をはかっていると聞きますが……」

「だから僕を戦いの旗印に駆り出すつもりだったのか」

苦いものを噛んだような気がして、ランディスは顔をしかめる。

「どうして、誰も彼も戦いばっかりしたがるんだろう——。人を殺すなんて、そんなばかげたことのどこがそんなに楽しいのか、理解できないよ、僕は」

「……楽しくて戦っておるわけではないと存じますよ」

やんわりとかぶりを振って、ゼルトフはランディスの言葉を遮った。

「彼らには彼らの考えがあるのです。王子は戦わないというご意志をお持ちだ。王子と彼らは相容《あいい》れぬ。それでよいではございませぬか。戦うことを押しつけるなとおっしゃるなら、戦わぬことを彼らに押しつけては、王子も彼らと同じことをされることになります」

「…………あ……」

自分の考えだけが正しく、正義というわけではない、自分と相容れぬからといって他者を非難するものではない、と——かつて父王ディスタルにも、言われたことがある。

「うん……そうだね」

ランディスは頷いた。

「ごめん——ちょっと頭に血がのぼってたみたいだ」

「でも、そのナイツ、って……なんなんですか？」

それまで黙って聞いていたクレアが会話に加わってきた。ゼルトフは苦笑いのようなものをもらす。

「わしも伝説としてしか知らぬが——竜人は、交わった女に特殊な力をさずける能力があるのだという。竜人から力を得た女を、ナイツと呼ぶのだとか」

「交わる……？　……あ」

ぱぁっ、とクレアの頬に朱が散った。

いや——真っ赤になってしまったのはランディスも同じだった。

だからあの女——アーネスは、ランディスにあんなことをしようとしたのか。

「わ、……わたし、おかわりをよそってきます。食べますよね？　ランディス」

「あ……う、うん。お願い」

頷いてクレアに器を渡し、ランディスはかるくゼルトフを睨んだ。

「もう……どうしてクレアの前でそんな話をするんだよ」

「あれももう子供ではありませんから」

「それにしたって……」

なおも抗議しようとランディスは口を開きかけたが、ちょうどその時、誰かが戸口を叩《たた》く音が聞こえてきて、ゼルトフは手をあげてランディスを制した。

「誰ですかな——こんな時間に。ちょっと見て参ります」

「あ……うん」

頷いて、ランディスはゼルトフを見送った。入れ違いでクレアが台所から戻ってくる。

「おじいさまは？」

「誰か来たみたいで、今応対に——」

「ぐおっ……！」

苦しげな悲鳴が聞こえて、ランディスとクレアは顔を見合わせた。

今の声は——ゼルトフ？

ばたん！　がたん！　と何やら荒々しい物音も聞こえてくる。

「わたし、見てきます」

「あ！　クレア！」

とめる間もなくクレアが飛び出していって、そして高い悲鳴をあげた。


「貴様が竜王子か」

「ランディス！　逃げてくださ……きゃあっ！」

これは——また悪夢なのだろうか。

ランディスは呆然《ぼうぜん》と、そのすさまじい光景を見つめていた。

家の中に踏み込んできた、レンガルトの甲冑《かっちゅう》をつけた男たち。彼らの足元にはゼルトフが倒れていて、そしてゼルトフの体の下から広がる赤い液体がじわじわと床に大きな水たまりを作りつつある。

「ランディス、お願いです、逃げて！」

兵士の一人に腕をねじりあげられたクレアが髪を振り乱して叫ぶ。

「う、うん……」

「女を盾《たて》にして逃げる気かよ、この腰抜け！」

クレアの声に頷いて従おうとした刹那《せつな》、兵士の一人が嘲弄《ちょうろう》のこもっただみ声をあげた。

ぴくりと体が緊張して、ランディスは動けなくなる。

「さあ——両手を上へあげろ。投降するならこの女は許してやってもいい」

「う……」

どうしたらいいのか、わからなかった。

降服すれば、間違いなくランディスは殺される。

だが、だからといって今ここでランディスが逃げ出したら、クレアは——。

三年の間、あのアーネスのような奴《やつ》らとはちがってランディスの意志を尊重し、戦えだの仇《かたき》をとれだの王国を再興しろだの、そうしたことはいっさい言わずにランディスをかくまってくれ、かばってくれたクレアに、そんな仕打ちをして許されるのか。

「ランディス！　だめ！　早く逃げて……いやあぁぁっっ！」

派手な音とともに、クレアの衣服が引き裂かれた。

「や……やめろ！」

「ほう——なかなかいいチチしてるじゃねえか、ど田舎の娘にしちゃあ」

「ひ、っ……い、いやぁ……っ！」

さらけだされた白い肌を、祖父の血に濡れた手で容赦なくわしづかみにされたクレアが絶望的な悲鳴をあげる。

「騒ぐんじゃねえよ。おまえにもイイ思いさせてやろうって言ってるんじゃねえか」

「い、いやっ、いやあっ！」

「へへへ——なかなかの上玉だなあ」

「おい、あとで俺《おれ》にも回せ」

「わかってるって」

「いやあっ！　やめて、やめてぇっ！」

クレアが床に押し倒され、強引に脚を左右に開かれる。

「いやあぁぁぁぁっっっ！」

クレアの悲鳴が響いて。

どくん、と体の奥で何かが——脈を打った。

赤い。

目の前のすべてが——真っ赤だ。

「うぉ……っ？」

「が、っ――……」

「ぎゃあぁぁぁっ……！」


何か、悲鳴らしき声が聞こえたような気がした。


「はぁ……はぁ、はぁ………」

全身が灼《や》けるように熱かった。どっと、冷たい汗が噴き出てくる。

「ランディス………」

クレアの、呆然とした声が聞こえて、はっとする。

「……クレア！　大丈夫？」

「は、……はい……」

声をかけると、クレアがよろよろと起き上がる。

クレアを組み敷いていたはずの男は――どこにもいなかった。

ただ、こまぎれの、血みどろの肉片がいくつか転がっているだけで。

「！　おじいさま！　おじいさまっ！」

はっと息を呑《の》んだクレアがゼルトフに駆け寄る。

「おじいさま、しっかりして！　おじいさま……おじいさまぁ……っ！」
だが——ゼルトフはクレアの呼びかけにはこたえなかった。

ぼんやりと、天井を見上げる。

一夜が明け——そろそろ夕闇《ゆうやみ》が落ちようとしていた。

昨夜、何が起こったのか、ランディスには今もってよくわからない。

竜の国と呼ばれているとおり、グランダ王家は代々、竜人の血を引いている。

だがそれは何千年、もしかしたら何万年も前のことだから、今や竜の血もうすれ、祖先たちが持っていたという神秘的な力はほとんど失われてしまっている。

それでも彼らには竜の血が流れており、歴代の王は訓練によって竜の力をある程度今でも使うことができる。

父王ディスタルはその力の最後の一滴までを使って、ランディスをここ、クリエイラの辺境へと送り込んでくれた。

だが——ランディスはまだ、竜の力を使う訓練は受けていない。

クレアが凌辱《りょうじょく》される、と思った瞬間に体の底からあふれてきて全身を満たした、あの、熱のようなものがおそらく、竜の力なのだろう。

だがそれをどうやって自分が呼び出し、使って、あのレンガルト兵たちだけを灼き殺したのか。幾度同じことをやってみようと試みても同じ感覚は再び湧《わ》き上がってはこなかった。

ため息をついて、ランディスは寝台を降りる。まだ血のしみが濃く残る居間の床から目をそむけ、家の外に出た。

家の裏手に回ると、真新しい墓標の前にうずくまって祈りを捧げる少女の姿があった。

傾きかけた陽の中で、クレアの頬を涙のしずくが流れ落ちていくのが見えた。

「クレア……」

「あ……ランディス」

「……いいよ、無理しないで」

声をかけられて、急いで涙を拭《ぬぐ》おうとしたクレアに、ランディスはかぶりを振った。

「泣いていいんだよ――クレア。ゼルトフは、きみのた

った一人の肉親だったんだ」

「……う………」

そっと抱き寄せると、クレアの細い肩が細かく震えた。

それでも懸命《けんめい》にこらえようとする少女がいじらしくて思わずランディスはクレアを抱きしめる。

「う、っ……、……あぁぁぁ……っ！」

それがひきがねになったかのように、クレアは堰《せき》が切れたように泣き出した。

「ひどい、ひどい……！　おじいさま……どうして、どうしておじいさまが……！」

「クレア……」

ほっそりとした体から振り絞るような嗚咽《おえつ》と呪詛《じゅそ》の声がこぼれてくる。

「許さない……絶対許さない！」

「クレア……！」

強く、ランディスはクレアを抱きしめる。

「ご、めん……」

直接ゼルトフを手にかけたのはたしかにレンガルト兵だが――ランディスがここにかくまわれていなければ、あの穏やかな老人が命を落とすことはなかった。

この悲劇は、ランディスが呼び込んだものなのだ。

「ごめん、クレア……」

呻《うめ》くように呟くと、クレアはかぶりを振る。顔をあげて、まだ涙をたたえた瞳でランディスを見つめた。

「悪いのはあなたではありません。でも……——」

「……でも？」

「もし、……なにか罪悪感を感じているのでしたら、わたしを、……抱いてください」

「え——？」

涙に濡れてはいたが、ランディスを見つめるクレアの瞳には決然とした光があった。

「ゆうべ、おじいさまがおっしゃっていました。竜人と……交わると女は不思議な力をさずかることができる、と」

「クレア……」

「わたしに、力をください。わたしは、おじいさまにあんなことをした人たちが許せません。わたしはレンガルトと戦います。だけど、わたしにはなんの力もないから——あなたの竜の力を、わたしに分けてください」

「…………クレ、ア……」

弱く、ランディスはかぶりを振った。

「きみ一人が戦ったところで、なんにもならないよ。きみまで命を落としたら……」

「かまいません」

きっぱりと、クレアはかぶりを振る。

「わたし一人ではたしかになんの力にもなれないかもしれない。だけど——わたしのような思いを持ったひとが十人、百人、千人と集まるようになれば……いつかはレンガルトを倒すことだってできるかもしれません。どこまでできるかはわかりませんけれど、わたしは——戦います」

胸がしめつけられるような気がした。

クレアは——あんな辱《はずかし》めを受けて、目の前で祖父を殺されて。それでもまだ、あの敵に立ち向かおうとしている。

薬草を摘《つ》んで乾燥させ、そしてささやかに村の人びとに分けるという生活しかしたことのない少女が——いや、その少女でさえ。

レンガルトの非道を見過ごすことはできない、戦う、と意を固めたのだ。

にもかかわらず、ランディスは——。

ろくに訓練を受けていないとはいえ、ランディスは男で、そして王子だ。最低限の護身術や剣術は身につけている。

そして竜王子であるという身分は。戦いの旗印とするには最適だ。

もう人が死ぬのは見たくないと思っていた。だが、そうして戦いを避けていてさえ、彼に好意を示したという理由で殺されてしまう人がいるのなら。

逃げ続けようとするのは、むしろ殺される人を、家族を殺されて嘆き悲しむ人々を、いっそう増やすということにほかならない。

「クレア――僕も戦う」

「……え？」

決意を口にすると、緊張にわずかに体が震えた。

「僕と一緒に戦ってくれ。いや――二人で戦おう。レンガルトを倒して、この大陸にもう一度平和な日々を取り戻すんだ」

「ランディス……」

「一人でも、きみのように理不尽に家族を奪われて泣く人をこれ以上増やさないためにも――僕は戦う。僕の、ナイツになってくれ」

「…………………」

浅く、クレアは喘《あえ》ぎ。

「…………はい！」

そして大きく頷いた。

「……っ！」

ほっそりと引き締まったクレアの肌に指をすべらせ、そしてつつましやかにその場所を隠した和毛をかきわけて指をすべりこませると、クレアは鋭く息を呑んだ。

ベッドに身を横たえた時からこわばっていた体が、いっそうかたくこわばる。

「こわい……？」

「い、…………いえ……。……大丈夫です……」

きつく目を閉じて、クレアは唇を噛みしめる。

しかし、クレアの顔からはすっかり血の気がひいていて、そして全身は細かく震えていた。

自ら望んで、とはいえ――クレアは力を得るという目的のために、ランディスにその身を捧げようとしているのだ。

おそらくはまだどんな男にも触れさせたことのない場所を。

そうすることでしかナイツになることができないとはいえ、やるせない罪悪感が胸をざらつかせる。

「……力を抜いて、クレア」

せめて、すこしでもクレアにつらい思いをさせずにすませたい。

クレアの柔らかな髪を片手で優しく梳《す》いて、そっと抱きしめる。顔をあげさせて、そっとついばむように、色あせた唇に口づけた。

「ん、っ……」

唇を触れ合わせるだけのキスをくり返す。やさしく、幾度も。

「……は、っ…………」

クレアが切なげな吐息をこぼした。すこしずつ、体のこわばりがとけてくる。

あらためて唇を合わせ、舌をのばしてクレアの唇を愛撫《あいぶ》すると、震えながらクレアも唇を開いて、ランディスの舌を受け入れる。

舌と舌がからみ合い、くちゅっ、と濡れたかすかな音があがった。

「ん、っ……んむ…………ぁ、っ……」

口づけをくり返し、優しく背中から腰への肌を愛撫してやるうちに、すこしずつ、クレアの呼吸が弾《はず》んでくる。

「あ――！」

指先をすべらせてまろやかな乳房を手のひらにおさめると、クレアはぴくりと体を震わせて声をもらした。

だがその声は、先ほどまでの怯《おび》えたものとは異なったものになっていた。

「あ、っ……ランディ、ス……わたし…………」

「大丈夫だよ、クレア。感じてきてるんだ」

囁いて額に口づけてやり、手を再びクレアの秘所へとのばしていく。

「んんっ！　あっ……い、いや、恥ずかしい…………」

指をそこへすべりこませるとクレアは細い声をもらして顔をそむける。

だがランディスの指先は、はっきりとしたぬかるみをそこに感じていた。

「んっ！　……あっ……」

ぬかるみの中で指を泳がせるとクレアの体は細かく震え、弾んだ吐息とともに細い声が唇からこぼれ落ちた。

「いい……？　クレア……行くよ」

「は、はい……」

体勢を入れ替えて、ランディスは自らのものをぬかるんだ場所に押し当てる。

「あっ、あ、…………」

幾度か先端でさぐるといくらかくぼんだ場所があり、そこだけ先端がわずかに埋まる。

そこが――入り口なのだと悟って、ランディスはゆっくりと自らを押し進めていった。

「く、んっ…………あっ」

ひきつれた息をこぼして、クレアがしがみついてくる。

抱き返してやり、背中をさすって緊張を解いてやりながらクレアの中へ、さらに奥へとランディスは進む。

「クレア……」

「あっ、ラ、ランディス……」

半ばほど埋めたところで、弾力のある感触が行く手を阻《はば》んだ。

「クレア、力を抜いて。息を吐くんだ」

「は、はい………あっ、ああっ——！」

クレアが大きく息を吐き出し、肉襞《にくひだ》の緊張がゆるんだ一瞬を狙って深く突く。

ぶつりと粘膜が裂けてクレアが悲鳴をもらした。

「あっ……いた、あ、あぁっ！」

「だ、大丈夫？　クレア」

「は……はい、あ——？」

大きく、クレアが目を見開いた。

「な、……なに？　え？」

「クレア？」

ふいに怯えたように震えはじめたクレアに驚いて、ランディスはクレアの顔をのぞきこむ。

「どうしたの？　大丈夫？」

クレアの瞳はなにか信じがたいものを見てしまったかのようにうつろだった。焦点の合わない瞳をさまよわせ、何に対してなのか、幾度もかぶりを振る。

「な、何かが……わ、わたしに、入って、くる………あっ、いやっ、ああっ、ランディス……ああっ！」

「うわ、っ……！」

叫び声をあげたクレアが強くしがみついてきて、そしてほぼ同時に、ランディスを受け入れた場所が強く収縮してランディスの分身を締め上げた。

「あ、あ………」

「ぁあっ、い、いや、すごい……あっ、入って、来る………あ、あ、……あぁっ！」

「くっ──……」

何かに突き動かされるように、腰がうねった。

クレアとひとつになった場所を通じて、確かに──何かがランディスからクレアの中へと、流れこんでいくのがはっきりとわかる。

激しく腰を使うと、ランディスの動きに応《こた》えてクレアの腰もくねる。

「い、いや……あ、っ、ああっ、わ、わたし、ヘン……あ、あぁっ、ランディス、だめ、わたし……おかしい……あ、あ、あっ、あぁぁぁ──……っっ！」

「あぁ、っ……ぼ、僕、だめだ……」

鋭い叫び声をあげてクレアが大きくのけぞり、どくん、と大きな脈動が意識を貫いて。

真っ白な光が意識を塗りつぶしていった。

第2章　旅立ち

イルードは、活気のある街だった。当然、王城のあったかつてのグランダに比べればちいさな街ではあったが、この三年、レジッタから出たことのなかったランディスには、とてもにぎやかな街に見えた。

「ええと……地下酒場、って言ってたよね、あの人は」

あたりを見回しながら訊《たず》ねると、クレアも頷《うなず》く。

「あ。あそこじゃありませんか？」

そう言ってクレアが指さした先にはちいさな看板と、そして地下に降りていくらしい階段とがあった。

「うん。行ってみよう」

レジッタに比べて活気があるとはいえ、一つの街はそれほど広くはない。片端からあたっていけばいずれはアーネスの言っていた地下酒場にはたどりつけるはずだ。

勾配《こうばい》の急な狭い階段を降りていき、ドアをあける。

まだ昼間だというのに店の中には喧騒《けんそう》が満ちていた。明らかにかたぎではなさそうな男たちが強そうな酒を大杯でぐいぐいとあけている。

「お？　ずいぶんなべっぴんさんじゃねえか。おいねえちゃん、いくらだぁ？」

「あっ――！」

下卑《げび》た声をあげた酔客にいきなり腕をつかまれて、クレアがちいさな悲鳴をあげた。

「ちょっと——やめてください！」

急いで、ランディスは男の手を外させる。じろりと、男が剣呑《けんのん》な目でランディスを睨《にら》みつけた。

「なんだぁ？　てめぇは」

「この人の連れです。僕たちは人をさがしにきただけで——」

「いやっ！　やめてください！」

「いいじゃねえかよ。どうせ売りモンなんだろ？　高く買ってやるからよぉ」

「ちがいます！　やめてください！　いやです！」

別の方向から手をのばしてきた男に抱きつかれたクレアが男を押しのけようとする。

「やめろ！　彼女にさわるな！」

二人目の男につかみかかろうとしたランディスを、さらに別の男が羽交い締めにする。

「だからよぉ、金は払うっつってんだろうが。けちけちしてんじゃねえよ。それとも売りモンなのはおまえのほうか？　ひょろひょろしてるが、なかなかいいケツしてるじゃねえか。いいぜ？　払ってやっても」

「ちがうって言ってるだろう！　放せ！」

もがくランディスとクレアを取り囲んで、男たちがどっと笑い声をあげた。

「何やってるんだい！」

鋭く響いた女の声に、ぴたっと男たちが笑うのをやめた。

「あ……——」

「そのへんにしときな。悪ふざけもいいかげんにしたらどうだい、まったく」

男たちを左右にかきわけるようにして姿をあらわしたのは先日の、褐色《かっしょく》の肌と銀の髪をした女だった。

「まあ、こんなところにきれいな女の子なんか連れて入ってくるアンタも……あ！」

それがランディスだと気づいてアーネスの目が大きく見開かれる。

「ここへ来いって言ったのはあなたじゃないか」

ようやくのことで解放されて、ランディスはむすっとアーネスを睨みつけた。

「僕が来ちゃいけないならいいよ、帰るから。行こう、クレア」

「ああ、ちょっと——お待ちよ。せっかく来てくれたのに帰らないでおくれってば」

クレアを促して酒場を出ていこうとしたランディスの腕を、慌てたようにアーネスがつかんだ。


「——ほんとに、悪かったね」

男たちを押しやるようにして店の一角をあけさせ、ランディスとクレアに席を勧めたアーネスがあらためて頭を下げる。

「ちょっとばかり品はないけど悪い奴《やつ》らじゃないんだ。許してやっておくれ。ワタシも、まさかアンタが女の子連れてくるとは思ってなかったからさ」

「まあ……いいけど」

アーネスがそう言っても、男たちはまだ彼らを遠巻きにしたまま、クレアを好色そうな視線で眺めている。それがわかるのか、クレアも体をこわばらせていた。

「大丈夫、なんにもさせないよ。ワタシの剣にかけてね」

気づいたアーネスが言葉どおり剣に手をかけてじろりと一瞥《いちべつ》すると、ようやく男たちは視線をそらした。

「さて……――自己紹介がまだだったね。ワタシはアーネス。よろしく」

座りなおし、アーネスは深い緑色の瞳《ひとみ》でじっとランディスを見据《みす》えた。傍《かたわ》らに腰を降ろした若い男を視線で示す。

「こいつはウィダス。ワタシと一緒に抵抗勢力を指揮してる男さ」

「よろしく」

ウィダスと紹介された男は短くそう言った。若いがどこか風格と、品格のようなものをそなえた男だ。ランディスを見据える瞳にも鋭く理知的な光がある。

「ほんとうに、竜王子が生きていたとはな――」

「だからワタシが言ったじゃないか」

「いや、話は聞いたが、まさか本当だとは思わないに決まってるだろう。三年も行方の知れなかった竜王子が決起するかもしれない、なんて」

「しつこいよ、ウィダス」

じろりと睨みつけてウィダスを黙らせ、アーネスは再びランディスに向き直った。

「ここへ来てくれた、ってことは――こないだのこと、考え直してくれたんだね」

「うん」

ちいさく、ランディスは頷いた。

「だから、あなたに力を貸してもらえないかと思って」

「もちろんさ。喜んで協力するよ。ワタシの仲間たちも」

「いや――。できれば、あなただけに来てもらいたいんだ」

アーネスはきょとんとして首を傾《かし》げた。

「どういうことだい」

「いろいろ、考えたんだけれど――僕の部隊は遊撃隊のほうがいいと思うんだ」

ゆっくりとアーネスはまばたきをした。

説明を促す表情に、ランディスは言葉を続ける。

「僕が軍勢にいるとわかれば、レンガルトの攻撃は激しくなるよ。それだけ、戦士たちを危険にさらすことになる。それは避けたいんだ。所帯が大きくなればそれだけ行動も制約されてしまうし、軍資金も……ほとんどないし」

小人数で行動したい理由のかなりの部分は、軍資金だった。ほとんど、という言葉でさえ控え目な表現だ。もとよりつましい生活をしていたゼルトフとクレアには蓄えなどないに等しかったし、ランディス自身はそれ以上に何も持っていない。

「同志を募るだけなら、グランダの王子がレンガルト討伐《とうばつ》を宣言した、という事実だけで十分だと思う。僕はナイツたちとレンガルトをめざす」

ひと息にそこまで言うと、黙って、アーネスは腕組みをした。しばらく考えて、それからランディスを見る。

「ワタシをナイツにしてくれて、それでここへ置いて行ってくれる、ってのは？」

「それは……——あなたがそうしたいなら、それでもいいけれど」

ランディスは口ごもった。

「正直に言えば、僕の味方は、今はここにいるクレアだけだから——あなたが、僕と一緒に来てくれると……その、僕は助かる」

「あっはっはっはっは」

朗《ほが》らかな声で、アーネスは笑い出した。

「アンタ正直者だねえ」

ひとしきり笑ったあとで、まだ唇に笑みを乗せたまま、ランディスを見る。

「でも——竜王子にそう言われてアンタについていかなかったらワタシの女がすたるね。いいよ、アンタの力にならせておくれ」

「アーネス……」

歯切れのいい口ぶりに、ほっとランディスは息をつく。先日、レジッタの湖畔《こはん》で出会った時に相当な暴言を口にしたから、あるいはアーネスの協力は望めないかもしれないと思っていたのだ。

「ありがとう——よろしく」

「ちょっと待ってくれ」

かたい声で、ウィダスが口をはさんだ。

「王子とナイツだけでレンガルトに攻め込むなんて正気の沙汰《さた》じゃない。アーネスはうちの軍にとっても貴重な戦力なんだ。そんな無謀に荷担させるわけにはいかない」

「ワタシがそうするって決めたんだ。余計な口出しをするんじゃないよ」

「そうは行かん。——竜王子、アーネスを連れて行くなら、おまえにその資格があることを証明してくれ」

険しい表情がランディスを見据える。

「……証明、って………」

「俺《おれ》と戦ってくれ。おまえが俺さえ倒せない程度の戦士だというなら、そんな男に大事なアーネスを預けるわけにはいかん」

「ウィダス！　いい加減におし。ワタシはアンタの所有物じゃないんだよ」

むっとしたようにアーネスはウィダスを睨んだが、次いでにやりと笑った。

「でも、それはいい案だね。ワタシだって命を預けるからにはランディスの実力を知っておきたいし。……どうだい？　ランディス」

「う………」

ランディスは唇を噛《か》んだ。

正直なところ、剣に自信などない。王族としてのたしなみ程度に、最低限の鍛錬しかランディスは積んできていないのだ。対してウィダスは明らかに剣士として相当の腕を持っている。立ち会ったところで互角の戦いさえ、できるかどうか——。

「わかったよ」

だが、ここで引き下がるわけにはいかない。仮に力が足りなくても、いや、それならばなおのこと、誠意だけでも見せなければ人はついてきてはくれない。その結果、ランディスに助力はできないとアーネスが決めるなら、それは仕方のないことだ。

「戦おう、ウィダス」

「ランディス……」

クレアが不安げな声をもらす。少女に微笑《ほほえ》んで頷きかけ、ランディスは立ち上がった。

長い吐息がもれた。

ベッドに腰を降ろして、ランディスは自分の手を見下ろす。

まだ、信じられない思いだった。

どう考えてもランディスよりウィダスのほうが剣の腕はまさっていた。

なのにそのウィダスに、ランディスは——勝ったのだ。

たて続けに鋭く打ち込んでくるウィダスを防ぐことだけでぎりぎり精一杯で、反撃の余裕などなかったのに。

もうだめだ、と思った瞬間、全身がかっと熱くなって、知らないうちに体が動いた。

気がついた時にはウィダスは剣を叩《たた》き落とされて地面に膝《ひざ》をついていた。

とんとん、と戸が鳴った。

「あ……——」

「ランディス？　いるんだろう？」

「……う、うん」

「入るよ」

歯切れのいい声がそう言って、ドアが開いた。

「来たよ」

すっかり旅支度を整えたアーネスが、にやりと笑った。

「荷物……少ないんだね」

アーネスが床におろした荷物は、ごくわずかなものだった。驚くランディスに、アーネスは快活に笑う。

「最低限必要なものなんて、こんなもんだよ。別に着飾る必要があるわけじゃなし、着替えがいくらかと、あとは剣を手入れする道具さえあればいいんだから。……それより」

長い銀髪をかるく手でさばいて、アーネスはさぐるような視線でランディスを見た。

「今度こそ、ワタシをナイツにしてくれるんだろうね？」

「う、……うん…………。そのつもり、だけど……」

そうすることで女をナイツにすることができると聞きはし、クレアとは体を重ねたが、じっさいにクレアの様子には、すくなくとも見た目の上では変化はない。クレアは「何かが入ってくる」とその時口走ったが、それが現実にはどういう力なのか――まだわかってはいないのだ。

「その……ほんとに、それで女の人をナイツにできるのか、あんまり、自信はないんだけど……」

「何を言ってるんだよ、今さら」

手早く衣服を脱ぎ捨てていきながらアーネスは呆《あき》れたように言う。

「そのあとで戦ってみればわかるし——それにもし、そうじゃなかったとしても」

「あ……——」

一糸まとわぬ姿になったアーネスの手が、肩にかかる。

「それでもいいじゃないか。ワタシは、ナイツになるためじゃなくても、ランディスに抱かれたいよ？」

どさりとベッドに倒れ込み、しなやかな肉体が覆いかぶさってきた。湿った吐息をもらして、アーネスの手がランディスの服を開いていく。

「ランディス……」

「うん……」

促す声に頷いて、ランディスもアーネスの肌に触れた。

「あ……」

弾力のある乳房を手のひらに包むと、アーネスがちいさな声とともにため息をもらす。すでにぷっくらと勃《た》ち上がっていた先端の突起をかるくつまんで指の間で転がした。さざ波のような震えがアーネスの体を駆け抜けていく。

「んんっ……あぁ、ランディス……」

なまめかしい吐息。アーネスのしなやかな指先に包まれて、ランディスのものもひくつき、頭をもたげはじめる。

「ぅんっ、はぁっ……ランディス、ああ、そこ………」

つんと上向いた乳房。円を描くように揉《も》みしだくとアーネスは体をうねらせてうっとりとランディスの名前を呼ぶ。

「ねえ……吸って………」

囁《ささや》きとともにアーネスが身を起こした。

「うん」

頷いて、ランディスはつんと尖《とが》った乳房の先端に顔を寄せていく。

「はぁぁん……っ！」

唇が触れるとアーネスは悩ましげな声を迸《ほとばし》らせた。

こりこりと尖った乳首を吸い、舌先で転がして、そしてしゃぶる。

「あっあっ……じょう、ず……すごい、ランディス、感じる……」

うわごとのように呟《つぶや》いてアーネスは身をよじる。

片手でもう一方の乳房をこねてやりながら、反対側の手を下へとすべらせていく。くびれた脇腹《わきばら》――豊かに張り出した腰。ひきしまったなめらかな腹から、下腹へ。

「ぁ、あっ、あぁ……」

指先が肌に触れ、うごめくごとに、アーネスは声をもらし、吐息をついてランディスに体を押しつけてくる。

「濡《ぬ》れてる……」

思わず、そう呟いた。

下生えをかきわけて秘裂の奥へともぐりこんだ指先に、たっぷりとした熱い粘液がからみついてきたのだ。

「そう、だよ……あっ、はぁっ……」

呼吸を弾《はず》ませてアーネスは頷き、ランディスの指に自らの秘所をこすりつけるように腰をくねらせる。そこをまさぐる指が動きやすいようにすこし脚を開いた。

「アンタにされたくて、もうびしょびしょなんだよ……あ、ぁ……ねえ、早く……」

「う、ん……」

アーネスの手に包まれ、しごかれて、すでにランディスのそれもアーネスを求めてひくついていた。

手を添えて促すと、頷いたアーネスが腰を浮かせて、自らの蜜壺《みつつぼ》にランディスを導いていく。

「あぁ…………入って、来る……」

アーネスは自らをじらすように小刻みに腰を上下させて徐々に深く飲み込んでいく。

「く……」

熱く濡れそぼり、ひくついてうごめく、柔らかく、しかし弾力のある肉襞《にくひだ》。まるで独立した生き物のようにランディス自身に吸いつき、うねる粘膜の淫靡《いんび》な刺激にランディスは呻《うめ》き声をもらした。

「はぁぁ……。……あ、…………え？　あ！」

すべてを受け入れてうっとりとため息をついたアーネスがふいに大きく目を見開いた。

「あ、あ、……あ、す、すご……え、なに？　あっ、ああっ！」

「あ……くっ」

どくん、と体の奥で何かが脈を打った。

「アーネス……っ」

「あ、……あぁっ！　す、すごい、あ、い……いいっ！」

細い悲鳴をあげてアーネスは身をよじった。こらえきれない様子で自分から大きく腰を使いはじめる。

「あっ、ああっ！　ラ、ランディス、いい、すごい……いい、よ……」

「う……アーネス………」

たまらずに、ランディスもアーネスの腰をつかみ、下から強く腰を突き上げた。

「はぁぁっ！　あぁっ、いいっ、いいっ！　こ、こんなの……ああぁぁ……っ！」

「くっ……あ、だ、だめ……僕………」

「あ、い、いく……いっちゃう、ランディス！　いくぅっ！　あ、あああぁぁっ！」

長い悲鳴をもらして、アーネスは全身をのけぞらせ、激しく痙攣《けいれん》した。

細かく痙攣を続けるアーネスの柔肉に、ぞくりとするものが全身にはしる。

「うう……っ！」

「あぁぁあっっ！」

びゅくっ、と砲身がはじけ、勢いよく噴出したものを受けてアーネスが再び高い声をあげた。


「ランディス――あそこを。煙が」

息を飲んだクレアが前方を指さした。さっとアーネスが表情を引き締める。

ランディスたちは首都クリエイラに入ろうとしていた。クリエイラ王に謁見《えっけん》し、助力を仰ぐといいとウィダスに助言されたのだ。

煙が立ち上っているのは、その王城のあたりだった。アーネスを見ると、アーネスもかたい表情で頷く。

「レンガルトだろうね。――急ごう、ランディス」

「うん」

頷いて、ランディスは足を速めた。

そこには、いささか信じがたい光景が展開されていた。

クリエイラ王城の門を守ってレンガルト軍と攻防戦を繰り広げていたのは――たった一人の女の子だったのだ。

いや、もう彼女だけしか、守備兵は残っていないらしかった。

「はッ！」

魔法使い《ウィッチ》であるらしい少女は、甲冑《かっちゅう》さえ身にまとってはいなかった。寄せて来ようとする敵兵を次々に炎の玉やいかずちで打ち倒していく。

敵兵もだいぶ数が減って、勢力は拮抗《きっこう》しているようだが。

「まずいね――」

眉《まゆ》を寄せたアーネスが呟いた。かたい表情で、クレアも頷く。

「魔法は、精神力を消耗しますから――このままではも

ちません」

「手を貸そう。僕たちが加われば、一気に蹴散《けち》らせるだろう」

「わかった」

「ええ」

二人が頷くのを確認して、ランディスは剣を抜いた。


城門を守っていた女の子は、肩で大きく息をしていた。さすがに顔色がよくない。

「大丈夫？　ケガは？」

「ええ……。助かったわ。どうもありがとう」

蒼褪《あおざ》めた頰《ほお》をしかし笑ませて、女の子はランディスを見る。

「よかったらお名前を教えてもらえるかしら？　あとでお礼をしたいわ」

「ああ――僕は、ランディスっていうんだ。グランダの……」

そう言った瞬間、女の子の眉がぴくっと寄った。眉間《みけん》に深いしわが刻まれる。

「ランディス？　あなたが竜王子？」

「うん、そうだけど――」

「なんてことなの！」

「…………え？」

吐き捨てるような声に、ランディスはあぜんとして女の子を見つめる。

しかしランディスを睨みつける紫水晶の瞳にはまぎれもない憤怒《ふんど》が――憎悪にさえ近い険しい光があった。

「あ、あの……」

「よりにもよって、あなたなんかに助けられるなんて！　――褒美《ほうび》なんて期待しないでちょうだいね。あなたにはそんなものを受け取る資格なんかないいんだから。卑しい犬！」

「ちょっと……」

「さわらないで！　けがらわしい！」

鋭く叫んでランディスの手を払いのけると、女の子は身を翻《ひるがえ》した。城の中へ駆け込んでいく。

「……なんだったんだい、今のは」

あぜんとした表情でアーネスが呟いた。

「助けてもらったくせに、やけにえらそうだねえ」

「お城の……人ですよね？　今の人。どうして、ランディスにあんなひどいことを……」

「何か事情があるのかもしれないよ」

眉を曇らせたクレアに微笑みかけて、ランディスは自分も剣を鞘《さや》におさめた。

「とにかく――謁見を申し入れてみよう。身分を明かせば、門前払いされるようなことはないだろうから」

罵《ののし》られたことは不快というよりはむしろショックだった。礼を言ってもらいたくて加勢したわけではなかったものの、釈然としないのはランディスも同じだ。

息を吸い込んで、ランディスは王城の門へ歩み寄っていった。


しばらく待たされたあとでとおされた謁見の間では、壮年の男がランディスを待っていた。ランディスが一礼すると玉座から立ち上がって、ランディスを迎えに降りてくる。

「クリエイラ国王ヘリオスと申します。お目にかかるのははじめてですね」

「グランダ王子、ランディスと申します。突然お訪ねして申し訳ありません」

「とんでもない。先ほどは我が軍にご助勢いただき、レンガルトのやつばらを撃退してくださったと聞いております。国民すべてに成り代わりまして、お礼を申し上げます」

「いえ——そんな」

「そうよ！　そんな男にお礼なんか言うことはないわ、兄さま！」

鋭い声がヘリオス王の言葉を遮った。驚いた様子でヘリオス王がふり返る。

「エレシス……」

そこには、先ほどの女の子が立っていた。先ほどと同じように、憎々しげにランディスを睨みつけている。

「その負け犬には礼はもう言いました。兄さまがわざわざもう一度頭を下げることなんかありません」

「エレシス……！」

咎《とが》める声でヘリオス王が女の子を呼ぶ。

「このかたはおまえの恩人でもあるのだぞ！　口を慎まないか。——だいたい、軽はずみな行動は避けろと再々おまえには言ってあるはずだ。私《わたし》に何かあった時には、おまえがこの国を統《す》べていかねばならぬのだぞ？　それを——」

「レンガルトを撃退できなければ治めるべき国だってなくなってしまうのよ」

憤然と、女の子は王に対してつけつけと言い返す。どうやら王位継承者のようだが、ヘリオス王には、子供がいないのだろうか。

「あの——陛下《へいか》？」

「……ああ、申し訳ない、王子」

おずおずと声をかけると、ヘリオス王ははっとしたようにふり返った。

「来なさい——エレシス」

女の子を促して、ランディスの前へと連れてくる。

「これはエレシスと申します。私の妹で——私が不甲斐《ふがい》なくもいまだ子をなしておりませぬゆえ、現在のところ次代のクリエイラ王でございます。己《おの》れの立場もわきまえずすぐに戦いに出ていってしまう、はねかえりの困り者でして……王子への暴言はこの兄に免じてどうぞご容赦いただきたく」

「兄さま！」

癇性《かんせい》に叫んで、エレシスは床を踏み鳴らした。

「どうしてそんなやつに頭なんか下げるのよ！　クリエイラ王家の恥だわ！」

「エレシス！」

「ちょいと——お姫さん」

兄王のいさめる声を傲然《ごうぜん》と無視してランディスを睨みつける王妹に、ため息をもらしてアーネスが声をかけた。

「そのへんでやめときなよ。兄上さまが困ってるだろ。あんたも王族なら、王家の体面ってものを考えたらどうだい」

しかしそのアーネスをも、エレシスはじろりと睨みつけた。

「考えてるから言ってるのよ。何も知らない下賤《げせん》の者は黙っていなさい！」

「下賤ねえ」

鼻を鳴らして、アーネスが笑う。

「まあ——そりゃ高貴極まりないお姫さまから見りゃ、ワタシなんか本来はこうやってご尊顔を拝するのさえもったいなくて感激のあまり自害しなくちゃいけないような身分なんだろうけどね。アンタの今の言動はどう見たってただのガキ娘の癇癪《かんしゃく》だよ」

「なんですってッ――！　傭兵風情《ようへいふぜい》が、エレシスに向かってなんてことを言うの！」

「その傭兵風情がいなかったらとっくに冷たい骸《むくろ》になってたのはどちらのお姫さまかね」

「ちょっと、アーネス……」

「あ、あの……」

ランディスがアーネスを押し止《とど》めようとする傍らから、クレアがおずおずと口を開いた。

「すみません、お姫さま……。……あの、わたし……ほんとうに、よくわからなくて。どうしてお姫さまはそんなにランディスを嫌うんですか？　エレシス姫さまはとても心のやさしい、思いやりの深いかただと聞いています。その姫さまがそこまでランディスに厳しいことをおっしゃるのには、理由があるんだと思うんですけれど……」

「………」

エレシスはじろりとクレアを見る。しかしクレアの表情を見て、眉根を和らげた。

「あなた――クリエイラの人？」

「はい。レジッタの村に住んでおりました。祖父を……レンガルトに殺されて、わたしもあやういところをランディスに助けてもらいました。お姫さまがおっしゃるほど、ランディスがひどいことをしているとは思えないんです」

「……その男がひどいことをしたって言ってるわけじゃないわ」

ちいさく息をついてクレアにこたえたエレシスの声は、だいぶ和らいでいた。

「エレシスが怒ってるのはね、その男が何もしてないからなの」

「？　……何もしていないのに、どうして……怒られるのですか？」

「彼が王族だからよ」

きっぱりとした声で、エレシスは言う。

「王族というものは常に民を愛し、民のためを思っていなくてはいけないの。エレシスは兄さまにそう教えられたわ。どうすれば民が幸せに暮らしていけるか、民を苦しめるものがあればどうすればそれを取り除けるか——それを考えるのが王族の仕事でしょう？」

「は……はい………」

「でもね。その男はなんにもしなかったのよ、そういうことを」

ランディスを視線で示した時だけ、またエレシスの瞳に険が宿った。

「グランダははじまりの国、竜人の国。もとはフェスタック全土をさえ統治していた王家なのよ。その国の王子に生まれたくせに、グランダが落ちて以後、この男は何をしたかしら。何もしなかったわ。ちがう？　こそこそと逃げ回って、自分が生き延びることしか考えてなかったのよ！」

「………」

気圧《けお》されたようにクレアは視線をそらす。

ランディスは唇を噛んだ。

「グランダを落とした勢いでレンガルトはフェスタック全土を戦火に巻き込んでいっている。クリエイラの被害はほかの国に比べればそれほどひどいものではないけれど、たとえば今日の戦いでだって、何人もの兵士が命を奪われたわ」

なおも、エレシスの凛《りん》とした声は続く。

「何万という無辜《むこ》の民が苦しめられ、悲鳴をあげているのよ。グランダがどれほど荒らされたか——あなたは知らないかもしれないけれど、ひどいものよ。なのに、その国の王子のくせして、そこの腰抜けは」

刺すような視線。

「自分の国の民が苦しんでいるのに、何もしなかった。考えもしなかったんでしょうね、国民の一人ひとりはそれぞれが生きている人間で、痛みも悲しみも感じるものなんだってことを。自分は国を奪われたんだ、って——自分一人だけ不幸なつもりで悲劇にひたってたにちがいないわ。民のことをすこしでも考えていたなら、今ごろになってのこのこ顔を出したりしてないでとっくにクリエイラに保護と後ろ楯《うしろだて》を求めてきてるわよ。……だからエレシスは怒ってるの。わかってもらえる？」

「……………」

クレアはうつむいた。

強く、ランディスは拳《こぶし》を握った。

「たしかに――エレシス姫の言うとおりです」

顔をあげて口を開くと、エレシスがかるく眉をあげてランディスを見る。

「僕は、姫の言うとおり、戦争に巻き込まれるなんてごめんだ、どうして僕がこんなめにあわなくちゃいけないんだ、ってずっと……そう思っていました。姫の言うとおり、僕は腰抜けです」

「ランディス王子……」

「でも――それが間違いだったことを、僕は思い知らされた」

なだめるように声をかけてきたヘリオス王にかぶりを振る。

「僕がグランダの王子である事実は消しようがない。僕が戦うことから逃げていれば、それだけ多くの人に迷惑をかけるし、レンガルトにつらい思いをさせられる人が増えるんだって」

ゼルトフには――なんの罪もなかった。

クレアも。ランディスをかくまってくれたりしなければ祖父を殺されることもなかったし、あんな形で純潔を失うこともなかった。

すべて、ランディスの責任なのだ。

「遅くなってしまったけれど――もう僕は逃げません。逃げないと決めました。だからこそ、クリエイラ王にご助力願えないかと、恥をしのんでお願いにうかがったんです」

あらためてヘリオス王に向き直り、ランディスは姿勢を正した。

「まだ、今からでも――僕が決起することで救える人はいるかもしれない。僕に、力を貸していただけませんか、陛下」

「…………」

長く、ヘリオス王は息をついた。

「残念ながら、わが国もレンガルトを防ぐためにかなりの消耗を強《し》いられております。王子にお貸しできる兵は、あまり多くは」

「軍勢はいりません。僕は――ナイツだけを連れて小部隊でレンガルトをめざすつもりでいます。ただ、そのための軍資金がほとんどない状態で」

「資金の援助だけでよろしいのですか」

意外そうに、ヘリオス王は眉をあげる。

「詳しい話は、のちほどご相談いたしましょう。ともかくも、王子にも、お連れのかたがたにも、部屋を用意させますゆえ、体を休められるがよろしいでしょう」

「――……ありがとうございます」

深く、ランディスは頭を下げた。穏やかに笑って、ヘリオス王はかぶりを振る。

「こうした言い方も卑怯《ひきょう》ですが、守るべき国があるとなかなか攻勢に打って出ることはできません。勢いはレンガルトにあり、我々はひたすらに守り、防ぐ一方。いつかは兵士も士気も消耗しきってしまいます。王子は背後に守るものを、今はお持ちではない。それだけに身軽く、レンガルトに向かって進軍できるでしょう。それをご支援申し上げるのは、ひいてはわが国の利益にもなるのです」

ランディスは頷いた。

「では、のちほど……あらためてお話を」

「待って」

謁見の間を退出しようとしたランディスを、いつからか黙り込んでいたエレシスがふいに呼び止めた。足をとめてふり返ると、つかつかとランディスの前までやってくる。

「レンガルトを倒すのね？」

「うん……そのつもり。気持ちだけで終わってしまうかもしれないけれど、そうならないようにしたいと思ってる」

「たったそれだけの人数で？」

「い、いや……それは」

「この先戦力を募っていくのよね？　ナイツを」

「………うん」

頷くと、エレシスはかるく息を吸い込んだ。

「エレシスがなってやるわ、ナイツの一人に」

「え――！」

「待ちなさい……エレシス！」

さすがにヘリオス王も顔色をかえた。だが兄王をふり返って、エレシスはきっぱりとかぶりを振る。

「兄さまも今おっしゃったわ。このまま防戦いっぽうでいつまでももちこたえられるものじゃないって。エレシスは玉座には興味はありません。クリエイラには兄さまという立派な王がいるんですもの。エレシスには民を守るための戦いに加わらせてください」

「…………エレシス……」

「あ、あの……エレシス姫」

「なあに？　エレシスがナイツに加わるのじゃ不満だっていうの？」

強い意志を秘めた瞳が間近からランディスを見つめる。

「自分で言うのもなんだけど、クリエイラにエレシス以上のウィッチはいないわよ」

「あ、うん、その……そう言ってもらうのはすごくありがたいけれど、その……」

女性をナイツに迎えるためには――そう言いかけて、ランディスは口ごもる。

「ランディス王子」

ゆっくりと、ヘリオス王が口を開いた。

「お邪魔でなければ、お連れいただけませんか」

「陛下――」

「エレシスも、すべて承知の上で申しておると存じます」

身の引き締まる思いがした。

一国の王が、たった一人の妹をナイツにしてくれと口にする意味はひどく重い。

それだけの期待を、ランディスはかけられているのだ。

「わかりました」

居住まいをただして、ランディスは頷いた。

「お心づかい、感謝します――」


その晩遅く。ヘリオス王との話し合いも終わり、用意された部屋に引き取ると、戸を叩くちいさな音がした。

「どうぞ」

「……入るわよ」

細く扉が開いて、そのすき間からすべりこんできたのは、夜着に身を包んだエレシスだった。ランディスから視線をそらした頬が、かたくこわばっている。

「ナイツになるためには……儀式が。……必要なんでしょ？」

「うん……。でも……いいの？　ほんとうに」

「勘違いしないでほしいけど」

いくぶんか頬を赤くして、エレシスはランディスを睨みつける。

「エレシスは別に、あなたを信じたわけでもなんでもないわ。ううん――むしろまだ疑ってる。だからついていくの。あなたがちゃんと、口にしたとおりのことを実行するか、エレシスが見届けてあげるわ」

身の引き締まる思いで、ランディスは頷いた。

「わかった。ありがとう……エレシス姫」

「姫はやめて。エレシスって呼んで。そうじゃないとエレシスもあなたのことを王子って呼ばないといけないから。それはいや」

「うん……じゃあ、エレシス」

もう一度頷き、ランディスはそっと腕をのばしてエレシスを引き寄せた。びく、とエレシスが身を縮める。

（あ…………）

懸命《けんめい》にこらえているが、エレシスの体が震えているのがはっきりとわかった。

クレアは――自分から力を求めて、ナイツになりたくてランディスを受け入れることを決めた。

アーネスは、ナイツになるためでなくてもランディスに抱かれるのは嬉《うれ》しいと、そう言ってくれた。

だが、エレシスは。

ランディスに好意を持っているわけではない。好きでもなんでもない——むしろ触れられるだけでも虫酸《むしず》が走るにちがいない。

それでも、王族に生まれた者として——エレシスはナイツになる者が果たさなくてはならない義務を果たそうと、しているのだ。

可能な限り、傷つけないようにしなければ。

この少女は自分の持って生まれた宿命と、真正面からまっすぐに向き合う覚悟を決めている。

ランディスも、エレシスを見習わなくてはならない。

もう——自分に負わされた宿命から逃げるようなことをしてはならないのだ。

エレシスにとっても儀式だが、ランディスにとっても、これは——厳粛《げんしゅく》な誓いの儀式なのだ。

「力、抜いて——？」

エレシスをそっとベッドに横たえ、柔らかな夜着を開いていく。

「っ……」

絹のような肌に触れると、エレシスが全身をこわばらせる。

ランディスは急がなかった。エレシスの全身をやさしく愛撫《あいぶ》し、少女の緊張をほぐしていく。

はじめのうちはただ震えていただけだったエレシスも、愛撫を重ねていくうちにすこしずつ緊張を解き、そして呼吸を弾ませていった。

「ん……っ、あ………」

声をもらすまいとこらえて指を噛みしめながらも、時折、かすかな声をこぼすようになってきたころ、ようやく、ランディスは王女のもっとも秘められた部分に、己れのそれで触れた。

「あっ……！」

すでに準備の整っていたものにそこをさぐられて、エレシスは息を飲む。

「だいじょうぶ……なるべく、痛くしないようにするから。それにきみも……、もう準備ができてるよ」

細い金髪を指で梳《す》いて、ランディスは囁く。

エレシスの秘所はすでに、明らかにそれとわかる熱い潤いに満たされていた。自身の砲身にそれを塗り広げるようにかるく腰を揺らすと、敏感な部分が刺激されるのかエレシスは怯《おび》えとはちがう戦慄《せんりつ》に背を震わせる。

「あ、あ…………い、いや、なんだか……ヘン……」

「大丈夫。変じゃないよ。感じてるんだ」

耳もとに唇を寄せてさらに囁き、ランディスはくびれの部分をエレシスが反応を示した場所にこすりつける。

「ぅんっ！　あ、ぁっ…………」

エレシスが大きく喘《あえ》いで身をよじる。

王女の体から力が抜けて、ランディスを待ち焦がれてひくつく柔らかな入り口に、ランディスは己れの分身を突き入れた。

「ひぁ……っ！　あっ、あぁ……っっ！」

異物の侵入に気づいて、エレシスが短い悲鳴をあげる。

しかしその時には、ランディスはすでにじゅうぶんに受け入れる用意の整った場所に深く身を沈めていた。緊張が解けていたせいか、抵抗もほとんどなかった。

「痛くない？　エレシス」

「……え、ええ……」

ちいさくエレシスは頷いた。

「すこし痛いけど……大丈夫。我慢できるわ……ぁっ、え、……っ！」

きゅん、とランディスを受け入れた場所が震えて、収縮した。

「な、何……？　あ、あぁっ、い、いやっ、あぁっ！」

「う……エレ、シス……」

こみあげてくる陶酔感《とうすいかん》に、ランディスは呻いた。本能的に腰を使うとエレシスが大きく身をよじって背をそらす。

その動きにつれて、エレシスの柔肉も震え、よじれて、ランディスのものを吸い上げるようにうねる。

甘美な苦痛が脳髄《のうずい》を突き刺す。

「エレシス……エレシス………」

愉悦に声をあげるきゃしゃな体を抱きしめる。

嬉しかった。

望まぬ破瓜《はか》であるだけに——せめてエレシスには苦痛だけではなく快感を感じてほしかったのだ。

リズミカルに腰を使うと、エレシスは細い髪を振り乱して甘い声をあげる。

「あ、あぁっ、いやっ！　こ、こんなの……あっあっ……だ、だめ、あっ、ヘンに……ヘンになっちゃうっ！　あっ、あぁーーっ！」

「あっ……エレシス………っ！」

エレシスが切なげな声をあげ、たまらない様子で激しく腰をくねらせる。

衝動に突き動かされて求めてくるエレシスの動きに甘い痺《しび》れが背を震わせ、ランディスも応《こた》えて強く腰を使う。

「あっあっあっ……！　い、いや、だめ……あっ、あぁあっ、ランディスっ……！　あぁーーーーーっっ！」

がくん、がくん、とひときわ大きな震えがエレシスの体を跳ね上げ、その震えに誘われるまま、ランディスもエレシスの胎内へと己れの分身を解き放った。

第3章　再会

自分の見ているものが、信じられなかった。

ランディスはただ呆然《ぼうぜん》と、目の前のその女を見つめる。

「どうしたのかしら？　ランディス」

くく、と喉《のど》の奥で笑って、女はランディスをさぐるように見る。

「嬉《うれ》しくないの？　私《わたし》に会えて。昔はほんとうに遠くから、私の名前を呼びながら全力で走ってきたものだったのに。さみしいこと」

くくく、と笑った声に、目の前が暗くなっていく。

「バ、ネッサ…………」

呟《つぶや》いた声は震えていた。

「あら」

まだ喉を鳴らしながら、女はおもしろそうな目つきになってランディスを見やる。

「覚えていたのね？　光栄だこと」

忘れたりなど――するものか。

四年もの間連絡がとれなくて――ずっと心配していた。

ランディスにとっては姉とも慕った懐かしい幼なじみ――淡い初恋の相手でもあった女性だ。

だが、なぜ。

「どうして…………」

きっと生きている、いつかは必ず再会できるにちがいないと——そう思っていた。

(平和な世の中を作りたいのよ)

いつだったかバネッサが語った言葉が耳の奥によみがえる。

(争いのない——誰《だれ》もが安心して暮らすことのできる世の中をね)

(そのために、私はどんなことでもするつもり)

明るい光の降り注ぐ、修道院の食堂で、淡い笑みを浮かべて。

そう語ったのだ。バネッサは。

そのバネッサがなぜ——レンガルト兵を指揮して、なんの罪もないトルスの村に火をかけさせているのだ。

「どうして……なんでなんだよ、バネッサ!」

「あら。なんのことかしら?」

かろうじて絞り出した叫びにバネッサが返したのは、おそろしく冷たい笑みだった。

「喜んでくれないの? ようやく私が長年の理想を実現させようとしているのに」

何かが——胸の奥で崩れる音がした。

「バネ……ッサ…………」

「私の理想が、もうすぐ現実になるのよ。祝ってちょうだい? ランディス」

バネッサが腕を高くあげる。

「――あなたの命でね！」

振り下ろされた腕。バネッサの指先から光の玉がランディスをめがけて飛びかかってくる。

ランディスはそれを、ただ呆然と見つめていた。

「危ない！」

「ランディス！」

叫び声が聞こえた。

誰かに腕をつかまれ、引き倒される。

悲鳴と、怒号。モンスターのものらしき、咆哮《ほうこう》。

何もかもが、ひどく遠い世界で起こっていることのように感じられた。

「ランディス――ランディス！」

強く揺さぶられる。

「何をほうけているの！　しっかりしなさい、腰抜け！」

「あ……――」

鋭い声とともに頬《ほお》を叩《たた》かれて、ようやく瞳《ひとみ》の焦点が合った。

ナイツたちが彼の周りに集まっている。

どの顔も——ランディスを叩いたエレシスでさえ——ひどく心配げに彼をのぞきこんでいた。

「大丈夫ですか？　ランディス」

おずおずと、クレアが声をかけてくる。

「ケガはありませんか？　モンスターは倒しました」

「あ……う、うん………」

まだ意識のはっきりしないまま、ランディスはうつろに頷《うなず》く。

「誰なんだい？　さっきの女は」

「バネッサ……」

「いや——アンタが叫んでたから名前はわかったよ。どういうヤツなのかって聞いてるんだろ？」

呆《あき》れたようなアーネスの声に、ランディスはただ、うつむいた。

バネッサ——。

なぜ、あのバネッサが。

誰かがため息をついたのが聞こえた。

「モンスターも倒したし、火も消し止めたわ。とにかく今日はこのまま、ここで宿をとることにしましょう」

「ああ――そうだね」

「そうしましょう」

「ランディス？　行きましょう」

相談を交わす声が聞こえ、誰かの手がランディスの腕をとる。

それが誰と誰の声で、誰の手であったのか、よくはわからなかった。

ランディスはただ、促されるまま立ち上がり、そして歩き出していた。


重い吐息がもれた。

あれからまる一日――ランディスはほとんど身動きさえせずに、ナイツたちが手配してくれた宿の部屋に座り込んでいた。

ようやく衝撃がいくらかうすれてきて、何度めかのため息をついて、頭を振る。

（バネッサ！　ねえ、見てよ！　ほら――きれいな花が咲いてたんだよ！）

（まあ、ほんと――きれいだわ。ありがとう、ランディス）

バネッサはいつも、光の中で微笑《ほほえ》んでいた。

（でもね？　今度はできたら、咲いてるところに私を連れていってくれない？）

（え？　なんで？）

城からすこし離れたところにある修道院。

父王ディスタルの信頼の篤《あつ》かったあの場所で、ランディスはまだ幼かった一時期を過ごしていたことがあった。

そこでランディスの面倒を見てくれたのが、修道院に引き取られていた年上の少女、バネッサだった。

(お花はとてもきれいだけれど、摘《つ》んでしまったらすぐに枯れてしまうわ。折り取らずに咲かせておいてあげれば花が終わったあとでも種が残る。そうしたらまた次の年に別の花が咲いて、目を楽しませてくれると思わない?)

(あ………うん。そうだね)

(摘んであってもなくても、花の美しさは変わらないわ。だから……ね? ランディス。次は私を花のところへ連れていって?)

(……うん。わかったよ、バネッサ)

心のやさしい少女だった。頭がよくて、修道院にある本はほとんど読んで覚えてしまっていた。魔道師としての素晴らしい素質を持っていて、父王ディスタルにも目をかけられていた。

バネッサが微笑んだり笑ったりするのを見ると嬉しくて、それが自分の言葉や行動の結果だった時は誇らしくて。

修道院から王宮に戻ったあとも、ランディスはバネッサに会いたくてひんぱんに修道院をおとずれた。

ある程度の年齢になってから本格的に魔法の修行をはじめたバネッサはめきめきと上達を見せ、異例の若さで宮廷魔術師に任命された。――宮廷魔術師とはいっても王宮に詰めるわけではなく、ずっと修道院でディスタル王に依頼された調べものや調査をしているという話だったが。

バネッサには身寄りがいなかった。

その理由をランディスが知ったのは、彼女が宮廷魔術師になって、そして姿を消すこし前のことだ。

（あらあら――ランディス。またお城を抜け出してきたの？）

久しぶりに修道院を訪れたランディスをバネッサはいつものように迎えて笑った。

（いけない王子さまだこと）

（ちゃんと勉強も剣術も終わらせてから来たよ。それに、今日は父さんのお使いでもあるんだ。これをバネッサに届けてくれ、って）

父に託された書簡を手渡すとバネッサは微笑んで礼を言った。

（おなかはすいていない？　そろそろランディスが来るころかしらと思ってお菓子を作っておいたのだけれど？）

（えっ！　食べる食べる！　ありがとうバネッサ！）

（じゃあ、裏の井戸で手を洗っていらっしゃい。食堂にいるから）

（うん！）

ランディスは大きく頷いて井戸へ駆けていき、全速力で手を洗って食堂へと駆け込んでいった。

（ところで――父さんの手紙ってなんなの？）

（ふふ……秘密よ）

（えー？　つまんないよ。教えて？）

（だめよ。いくらランディスの頼みでも、できることとできないことはあるの）

柔らかく、だがきっぱりとバネッサはかぶりを振って、そしてむくれたランディスを見てくすくすと笑った。

（そのうち、話してあげるわ）

（約束だよ？）

（ええ。もう一つ食べる？）

（あ……うん！）

バネッサがさし出したお菓子に目を奪われて大きく頷くと、バネッサは微笑ましげに笑った。

(……あなたのお父さまは、ほんとうに素晴らしい方よ)

お茶のおかわりもいれてくれたあとで、バネッサはふと、ひどくしみじみとした声音でそう言った。

(私のような者にまで目をかけてくださるんですもの)

(え……。でも、バネッサはほんとに才能があるんでしょう? 才能のある人を取り立てるのは当然じゃないか)

(そうでもないのよ)

くす、と笑ってバネッサはテーブルに頬杖《ほおづえ》をつく。

(私は生まれが卑しいもの。——私の父はね、貴族に斬《き》り殺されてしまったの。貴族の服をよごしたから。それだけの理由でよ)

驚いて、ランディスはバネッサを見つめた。

そんな理由で人の命が奪われたこともひどくランディスを驚かせたが、バネッサのほうから自分のことを話してくれたことは、それまで一度もなかった。

(私は住んでいた街から逃げ出したわ。そして、ディスタルさまに拾っていただいた。私はね、ランディス。争いのない平和な世の中を作りたいの)

そう言って、バネッサは微笑んだ。

ひどく——まぶしく。

（争いのない――誰もが安心して暮らすことのできる世の中をね。そのために、私はどんなことでもするつもり）

ランディスはそのバネッサの笑みに圧倒されてしまって、ただ彼女を見つめていることしかできなかった。

バネッサが突如として修道院から姿を消したのは、そんな話をしたすぐあとだった。

それまでも何度か、彼女はディスタル王の特命を受けてどこかへ、何かの調査に出かけることはあった。それでも不在はせいぜいが数か月のもので、頃合《ころあ》いを見はからって修道院を訪ねてみればバネッサに会うことはできた。

それまでは。

だがバネッサは再び修道院に戻ることなく――そして一年後、グランダは崩壊の日を迎えてしまったのだ。

さらに三年を経て、まさか戦場で、しかも敵味方として再会することになろうとは。

どういう運命のいたずらが、こんな事態を引き起こしたのだ。

表情を歪《ゆが》めてランディスは髪をかきむしる。

そして、ふと。

ある事実が頭をよぎった。

「四年……？」

レンガルトが——いや、まだ当時はソーディアという名だったあの国で、今『覇王《はおう》』を名乗るフィルネスの一派が力をつけはじめたのは。

もしやバネッサが姿を消したのと、ほぼ同じ時期……ではなかっただろうか。

「そんな……まさか」

急いでランディスは頭を振る。

そんなことが。

あるはずがない。

偶然だ。たんなる偶然——。

そうに決まっている。

大きく息を吐いて、ランディスは立ち上がった。

ずっとこうして部屋にこもっているから、考えが悪い方向にばかり動くのだ。

すこし、外に出て。気持ちを切り替えて頭を冷やしたほうがいい。

重い体を引きずるようにして、ランディスは部屋を出た。

時間はもうかなり遅くなっていたが、街はまだ眠りについてはいなかった。
昨日の——バネッサに指揮されたレンガルトの襲撃は、ランディスたちが到着したのが早かったせいで、それほど大きな被害を村にもたらしはしなかった。だが村のすぐ外で戦闘があったという事実は村人たちの気持ちを平穏とは対極の位置に追いやっているようだった。

浮かれているというよりは浮き足立ったざわめきの中、あちこちの角では男たちや女たちが集まってひそひそと言葉を交わしている。「竜王子が」というような単語も時折聞こえてきたが、往来を歩いていく青年がその当人だと気づいている者はいないようだった。ランディスは村に入ってから今まで一歩も宿の外に出ていなかったし、今は甲冑《かっちゅう》も脱いでいる。一般の民ならとばっちりをおそれて戦闘をのぞき見にくることなどできはしない。だからランディスの顔は、おそらくほとんど村人たちには知られていないのだろう。

だが今は——その無関心が、ランディスには嬉しかった。

にぎやかな声が聞こえてきて、足をとめる。

どうやら、そこは酒場のようだった。

ランディスは酒はあまり飲めないのだが、それでも、飲んでみようか、と思ったのはやはりバネッサのことが尾を引いていたからだろう。隠しをさぐっていくらかの小銭《こぜに》を持っていることを確かめ、酒場に足を踏み入れた。

「あいよ、らっしゃい！」

威勢のいい店主が店に入ったランディスに声をかける。

「傭兵《ようへい》さんかい？　一人ならこっちがあいてるぜ」

「あ……うん」

手招きされて、ランディスは言われたとおり店を横切り、カウンターに並んだ椅子《いす》のうち、あいていた一つに腰をおろした。

「なんにするね」

「あの……なんでもいいです。強いお酒を一杯」

「あぁ？　なんだい、兄ちゃんあれか？　失恋でもしたか」

がはは、と笑った店主の笑い声にも、どこか空元気を絞り出しているようなうつろな響きがあった。

弱く笑って、ランディスは酒のつがれた杯を受け取り、そして店主に小銭を渡した。

注文のとおり強い酒は喉を、内臓を灼《や》いた。飲み慣れない酒に、むせそうになる。

だが、ランディスはかまわずに大きく酒をあおった。ひと息に飲んで息をつくと、くらりと意識が揺れる。

「もう一杯、ください」

「いいぜ。……しかしやっぱりあれだな、失恋だな？　そうだろう」

「……どうでしょうね」

ランディスはこたえを濁したが、あながちそれは的を外した問いではないのかもしれない、とふと思った。

バネッサに——間違いなく、ランディスはあわい恋心をいだいていた。

恋愛感情というには少々幼すぎたかもしれないが、バネッサが好きだったことは、まぎれもなく真実だ。

だからこそ、バネッサに裏切られたのではないかという思いが、これほどのショックと痛みをもたらすのだろう——。

「なんだなんだぁ？　シケたツラぁしやがってよぉ！」

ふいにだみ声が響き、ぐい、と誰かがランディスの肩に腕を回してきた。

「う……っ……」

おそろしく酒くさい息が顔のすぐ脇《わき》で吐き出されてくる。

「見ねぇ顔だよなあ？　剣も持ってるしよぉ。流れもんの剣士だろ？　なにしょぼくれたツラしてんだよぉ。あぁ？」

ランディスに抱きつくようにして顔をのぞきこんできた男は、相当に酔っているらしく真っ赤な顔をしていた。目も酒で濁って血走っている。吐く息どころか体じゅうから酒の匂《にお》いを漂わせていた。かなり強い酒の入っているらしい酒のつぼを片手に、ランディスに話しかける合間にもそこからぐいぐい酒を飲んでいる。

「あ、あの……ちょっと。やめてください……」

「あぁんだとぉ？　なんらてめぇ、えっらそーにしやーってよお！」

「うぷっ……」

ろれつの回らない口で息巻いた男の息に吐き気を感じて、思わず顔をしかめる。

男のまなじりが一瞬にしてつりあがった。

「なんらあんらぁ！　てーめぇっ、剣さげてんのがそんなえれーのかおぉっ！」

「あ——……ちょっと、うわ……」

男が力任せにランディスの座っていた椅子を蹴《け》った。ランディスも慌てて腰を浮かせたが、その時、平衡感覚《へいこうかんかく》が揺らいだ。

「わ、わっ……」

がたんっ！

派手な音をたてて椅子が転がり、それと同時にランディスもまた床に倒れ込んだ。

体が、思うように動かない。

「なんだおめぇはよぉ！」

酔っぱらいがのしかかってきた。

「ほんなこったからろくに戦場稼ぎもできねぇれシケたつらしてやがるんらろぉ！」

「ちょ……や、やめて……やめてください！」

服の襟元《えりもと》をつかんでふり回そうとする手を、必死に押しのける。

だが、体に力が入らなかった。

「やめてくだ、さ……放して……」

「けっ！　それでも戦士だってのかてめーは……あがっ」

なおもランディスをふり回していた腕の力がふいにゆるんだ。

くらくらする頭を懸命《けんめい》におさえて視線をあげると、男の腕を逆にねじあげているほっそりとしたシルエットがある。

「……そのへんに、しときなよ」

ひくくなめらかな声がぼそりとそう告げた。

柔らかな——女の子の声だった。

ランディスが呆然と見上げていると、女の子は男の腕をさらにねじって、立ち上がらせた。かるく突き放すようにすると男はたたらを踏んでバランスを崩し、近くにあったテーブルにしがみつく。

「…………ほら」

「あ……」

女の子がこちらに手をのばしてきて、ランディスはまだ事態がよくわかっていないままのばされた手に、自分の手を重ねた。柔らかくて、そしてあたたかい感触がランディスの手を握る。

女の子に手を引かれるまま立ち上がり、そして手を引かれるまま、酒場を出た。

夜道をすこし歩いて、酒場から離れたところで女の子は立ち止まる。そしてランディスをふり返った。

「あなた、……あんまり酒飲めないんでしょ」

「う、……うん…………」

「だめだよ、あんな飲み方したら。足に来るよ」

「そう、だね……」

現にとっさに体が動かずに醜態をさらしたところを見られて、いやその状況から助け出してくれた当人だ。反論できずにランディスはしゅんと体を縮めた。

「ごめん……。それと、助けてくれてどうもありがとう」

「いいよ」

女の子は頭を横に振った。ちらりとランディスを見る。

「あなた、竜王子……よね？」

ぼそりと言った声にランディスは目を見開いた。

「そう……だけど。あ、ごめん、名乗ってなかったね。僕はランディス」

「私は——ノリス」

また、ひくい声がぼそりと言う。ノリスは、あまり饒舌《じょうぜつ》なたちではないようだ。

「きみも……戦士なの？」

男の腕をねじりあげた手際のよさは、たんに村の娘とは思えなかった。身につけているものも機能的で無駄《むだ》がない。そのあたりはアーネスのいでたちを思い起こさせる。

「傭兵」

ノリスのこたえは短くて簡潔だ。ランディスを促して、歩き出した。方角からすると、宿へ送ってくれるつもりらしい。ランディスが誰なのかを知っていたということは、彼ら一行の泊まっている宿もわかっているのだろう。

「傭兵なんだね。……今はどこかの軍で働いてるの？」

「こないだ、前の隊をやめたところ」

口調は相変わらずそっけないが、ランディスはノリスが歩きながら細かく彼の状態に気を配っていることに気づいた。さりげなく視界のすみでランディスの足取りを確認し、ランディスに合わせて歩調を変えてくれているのだ。

（この子がナイツになってくれたら……）

ふと、そう思った。

別に今ランディスに従っているナイツたちが気配りに欠けているというわけではない。むしろ彼女たちはいつもランディスを気遣《きづか》ってくれるし、世話も焼いてくれる。不満があるわけではなかった。

ただ――この子とも一緒に旅ができたら、そう思っただけだ。

(だけど……)

心の中で、ランディスはかぶりを振った。

ノリスは傭兵だと名乗った。傭兵ならもちろん、頼めば味方になってはくれるだろうが あいにくとランディスの軍はそれほど軍資金が潤沢なわけではない。

エレシスの兄、クリエイラのヘリオス王からかなりの援助は受けた。戦闘になるたびにモンスターの残していったアイテムを売るなどもしている。しかし、進軍を続け、ナイツの数が増えていけば、宿代や食費などもばかにできない金額になっていく。

そもそも軍勢を借りることを謝絶したのはそのせいもあったのだが、まったく戦力を増強せずにレンガルトまでたどりつけるものではない。ナイツは増やしたいが、数が多くなりすぎても困ってしまうのだ。

この上さらに、いつまでかかるともわからない戦いの間、ノリスに賃金を支払うことができるのか。

「……どうしたの」

いつの間にか、ランディスは足をとめてしまっていたようだった。声をかけられて顔をあげると、数歩先からノリスが首を傾《かし》げてふり返っている。

「考え事?」

「うん」

感情のあまり読めない声には逆に苛立《いらだ》ちも返答を強要する響きもなくて、ランディスの気分を楽にしてくれた。素直に頷いて、ランディスは足元の小石をつまさきで転がす。

「僕は今、レンガルトを倒すために旅をしているところなんだけれど」

「知ってるわ。ナイツと一緒なんでしょう？」

「う、うん……」

さらりと言われると、いくらか気が詰まる。

「その、だから……もしかしてノリスが僕と一緒に来てくれると嬉しいな、って思ったんだけれど。でもノリスは傭兵だっていうし……僕たちは、たぶんきみを雇えるほどにはお金を持ってないから、きっと無理だな、って」

くすす、とちいさな声が聞こえた。

ノリスが笑ったのだ。

ランディスを見る瞳が和《なご》んでいて、先ほどまであまり表情のなかった顔がふいにひどくかわいらしく見えた。

「素直なのね、あなた」

「え――……いや、素直、っていうか……」

「いいわよ」

「…………え？」

ぼそりと聞こえてきた声に、ランディスは目を見開いた。

「契約金はいらない。私をナイツにしてくれるなら、あなたについていってもいい」

そう言って、ノリスはまた表情の読めない瞳でランディスを見る。

「私も、レンガルトは倒したいから。私が役に立つなら」

「ノリス…………」

静かな、だがひそやかに決意を秘めた声に、ランディスはただ、ノリスの名を呼ぶことしかできなかった。


きぃ、とちいさな音をたててドアが開く。

「あの……どうぞ」

「うん」

招くと、ノリスは頷いてするりとドアのすき間から部屋の中に入っていった。あとから部屋に入って、ランディスは戸を閉める。

「あのね……ノリス。じつは」

「知ってるわ」

どう切り出そうか迷いつつ口を開いたランディスの声をノリスは遮った。

「ナイツになるためには、竜人と交わって——その精を受けなくちゃいけない」

「う、……うん………」

ランディスは頷く。

「その、……いいの？　それでも」

返事はなかった。ノリスは視線をそらし、黙ったまま服に手をかける。

「ノ……ノリス？」

慌てるランディスの目の前で、ノリスは淡々と服を脱いでいく。

一枚、また一枚と布が床に落ちていき、最後の一枚まで取り去って、ノリスはランディスをふり返った。

「私、魅力ない？　ナイツにするためでも、抱く気になれないくらい」

「そ……そんなことないよ！」

急いでランディスは頭を振る。だがノリスの引き締まった裸身が薄明かりに白く浮かび上がっているのが目に入ってしまって、慌てて目をそらした。

下半身がすでに脈を打ちはじめていた。

「僕はその……ノリスがいやでないなら」

「いやだったら、ナイツになるなんて言わないよ」

くすん、とまたノリスが笑ったのが聞こえた。

ノリスがベッドに腰を降ろす。ランディスも服を脱いだ。

下着をとると、ランディスの砲身がそりかえっていることに気づいてノリスがちいさな声をもらす。

「……ぁ………」

ベッドに歩み寄り、ノリスの肩に手をかけて、ゆっくりと、ランディスはほっそりした体をベッドに押し倒していった。

「んっ……あ！」

きめの細かい肌。形のよい乳房を手のひらにおさめると、頂上はすでにしこっていた。

「はぁっ、あ……、ランディス……あぁ……」

ランディスの愛撫《あいぶ》に、ノリスはすぐに甘い声をもらしはじめた。

いっそうかたくなって尖《とが》った乳首を指先で転がす。

「あっ、ん……っ」

切なげな声をもらしてノリスは背をしならせた。胸が突き出される形になり、ランディスは顔を寄せて充血したその突起を唇に含む。

「はぁぁ……っ！」

舌先でそれを転がすとノリスはさらに甘い声をあげた。

「ラン、ディス……私、あぁ……」

「感じる？　ノリス……」

乳首を吸い上げ、唇を離して舌先だけでそこをつついてやる。片手をノリスの下腹部へのばしていくとノリスは自分から下肢《かし》を広げ、ランディスの指を迎え入れた。

「気持ちいい……ランディス………」

ノリスのそこにはたっぷりと蜜《みつ》があふれて、今にもこぼれおちそうになっていた。指先でかき回すと、かすかな湿った音が響く。

「あっ、あ……そこ………」

固いしこりに指が触れるとノリスは全身を震わせて快楽を訴える。

「だめ……私、我慢できない………お願い………来て……」

「……うん」

頷き、ランディスはノリスの下肢をさらに押し広げる。ノリス自身も脚を広げ、ランディスを迎え入れる姿勢をとった。

先端で入り口をさぐり、そして一気に身を沈めていく。

「あぁっ……！　お、っき………はぁ、っん……！」

肉襞《にくひだ》が歓喜しているようにざわざわとうねった。

「う……」

砲身にからみつき、吸いつくようにして蠕動《ぜんどう》する柔らかく熱い感触に、ランディスも呻《うめ》

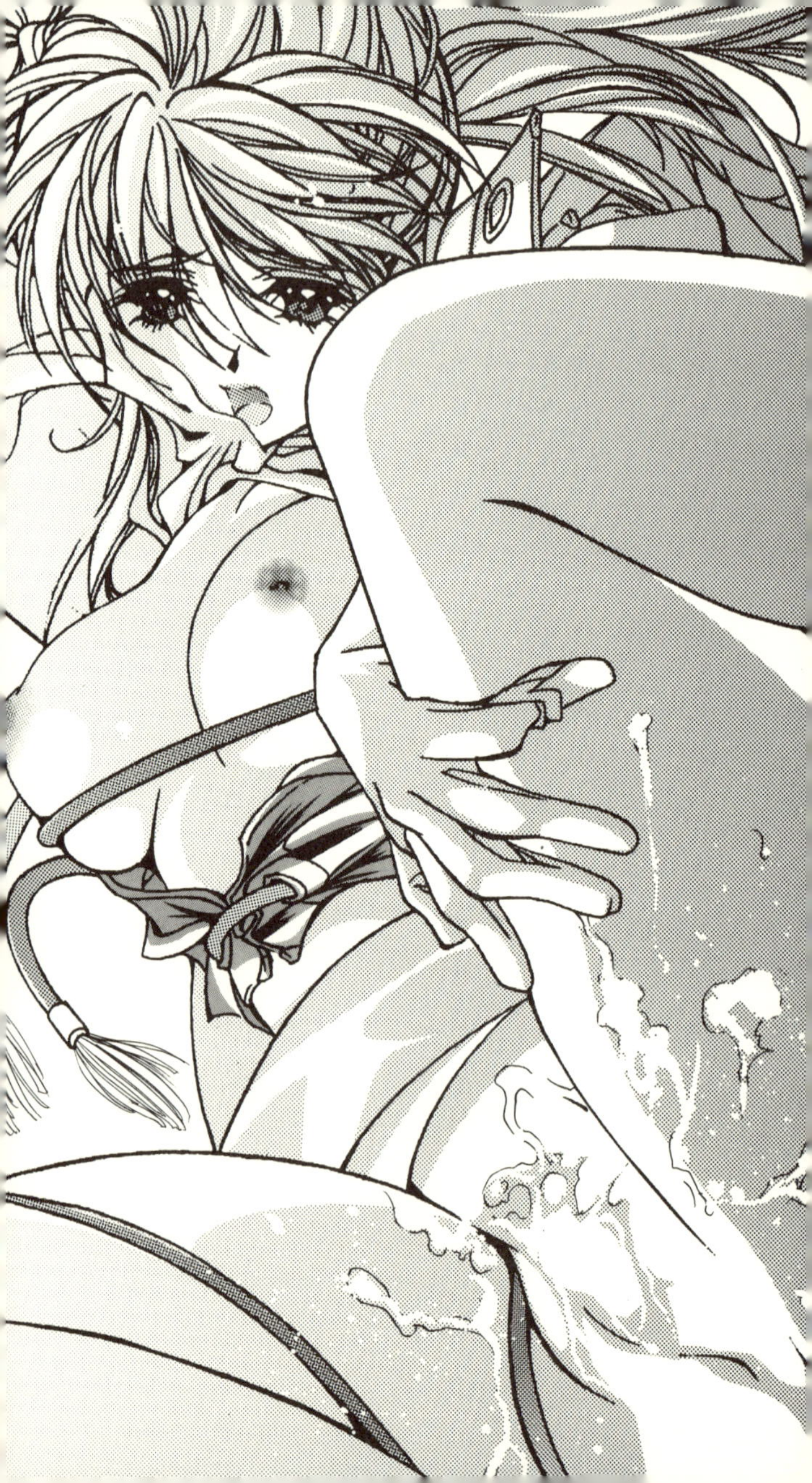

き声をもらした。

「ノリス……気持ちいいよ、僕も」

「うん……して、もっと……」

腰を持ち上げてノリスが結合を深めようとする。

「はぅっ……！」

深く突くと、ノリスの体が大きく跳ねた。

「あ、ぁっ……すごい、いっぱい……あ、あぁ……」

瞳をとろりと潤ませて、ノリスは悩ましげな吐息をもらす。自分からもランディスの動きに合わせて腰を突き上げ、そしてくねらせる。

「いい、すごく……すごくいい、ランディス……わ、私……あ、あぁ……っ！」

「すごくきれいだ、ノリス……」

力強く腰を前後させながら、ランディスは囁《ささや》いた。

「かわいいよ……もっと感じて」

「あっあっ……！　ランディス、いい、いい……っ！」

強くノリスは頭を振る。潤んだ瞳がランディスを切なげに見つめて、そうする間にもノリスの細い腰は淫《みだ》らにくねってランディスを煽《あお》りたてようとする。

「いいよ、ランディス……すごい、あっ、ああ……っ！　わ、私、こんなのはじめて……

あっ、そこ……だめ、いっちゃう……あっあっあっ――いっちゃう……っっ！」

「う、わ……」

ノリスのそこが強く収縮して、強烈な締めつけにランディスは思わず声をもらす。

「いく、あぁっ！　ランディス――あっあっ、いく、いっちゃうっ！　あぁっ、あ、あ、

……ああぁぁぁーーーーっ！」

がくん、とノリスの体が大きく跳ねて。

「あ――……」

ほとんど同時に、ランディスも全身を大きく震わせて、ノリスの中に果てた。

第4章　謎

「ランディス」

柔らかな声がして、クレアが傍《かたわ》らへやってきた。

「もうすぐ、ルーベンの街です」

「うん」

ランディスは頷《うなず》いた。

「ようやく、ここまで来た……」

「ええ」

笑いかけるとクレアも感慨深げな面持ちで頷く。

ルーベンはクリエイラとグランダの国境となっている街だった。ここを抜ければ、グランダ——ランディスの生まれた国だ。

「もうすぐグランダに入れるってわけだね」

「そうだね」

アーネスの快活な声に返す笑みは、いくらかこわばっていた。

今まで故国を顧みなかった王子を——グランダの人々は迎え入れてくれるだろうか。

「今日はここで宿をとって、明日グランダに……」

「見て！　あそこ！」

ランディスの言葉を、エレシスの鋭い声が遮った。

「え？　――……あっ！」

エレシスが指さした先で繰り広げられていたおぞましい光景に、思わずランディスは叫び声をあげていた。

「う、ぐっ……んむっ……！」

「へへへ……なかなかよく締まるぜ」

「舌遣《したづか》いも相当なもんだ」

「おい、さっさと終わらせてこっちに回せよ！」

何人かのレンガルト兵に草地に押さえつけられ、秘部と唇とを同時に犯されていたのは一人の女だった。それを一人の少女がにやつきながら眺めている。

「何してるの？　もっと一生懸命《いっしょうけんめい》しゃぶんなさいよ。腰も振るのよ。じゃないとさっきの約束、ナシだからね！　あははははっ！」

「うぅっ、うっ、むぐ…………」

女は苦しげに呻《うめ》き、眉《まゆ》をしかめて、しかし懸命に腰をくねらせ、唇に押し込まれたものをねぶろうとする。

「おおっ、出そうだ……」

「何を……してるんだ、無抵抗の女性に！」

「あら？」

駆け寄っていったランディスの声に少女がふり返った。琥珀色《こはくいろ》の瞳《ひとみ》がぎらりと光ってランディスをねめつける。

「なぁに？　アンタ」

「その人を放せ！」

「なあに？　やろうっての？」

どうやら少女はウィッチのようだった。宝玉を埋めこんだ杖《つえ》をかるく振って、ランディスに向き直る。

「いい度胸じゃない。アタシが誰《だれ》だかわかってケンカ売ってるんでしょうね？」

「うう……っ！」

「ぐふっ！　ぐ……げほっ………」

女の唇に、男の一人がけがらわしい液体を放出したようだった。女は激しくむせ、草の上に濁った粘液を吐き出す。

「や……やめてください………」

「……え？」

苦しそうに喘《あえ》ぎ、瞳に涙を浮かべて、しかし女が制止の言葉を投げたのはランディスに向けてだった。

「わ、私《わたし》は……私は大丈夫ですから。これは、私がお願いしたことなんです……だから、戦いはやめて……」

「え……？　ど、どういうこと……？」

戸惑って、ランディスは女と少女、そしてまだ女を下から貫いて腰を振っているレンガルト兵の間で視線をさまよわせる。

どう見ても、これは強姦《ごうかん》にしか見えないのだが——女がこうされることを望んだというのだろうか。

「あっあっ……い、いいんです、私は……私さえ我慢すれば、それで、すむことなんですから……。……だから……だから戦いなんか、しないで……」

「で、でも……」

「フン！　ご立派なごたくを並べるものよね」

少女が底意地の悪い視線で女を見て、鼻を鳴らした。その視線がランディスへと向く。

「レンガルト四天王の一人、このビュリさまにケンカ売って、ただですませてもらえるとは思ってないでしょうね？　覚悟してもらうわよ！」

「——！」

ランディスは息を飲んだ。

「し、……四天王？」

ランディスがかつて遭遇した四天王の一人、キプロスは四天王と言われればさもありなんと頷ける風格と押し出しの持ち主だった。

だが、この少女は――。

決してそれほど体格がいいとは言えないランディスの胸ほどしか身長もなく、顔立ちもやけに幼い、幼女といってもとおってしまいそうな少女が、あのキプロスと同格の四天王だというのか？

「あ。今アタシのことバカにしたわね？」

驚きが表情に出たのを読み取ったのか、少女はじろりとランディスを睨《にら》みつける。

「は――ッ！」

「！　うわっ！」

少女が気合いとともに杖を振り出し、先端の宝玉からランディスをめがけて稲妻が迸《ほとばし》った。慌てて飛びのき、ランディスは攻撃を避ける。

「ランディス！」

「……え？　ランディス？　アンタ――もしかしてあの竜王子なワケ？」

クレアの叫び声に、ビュリはきょとんとし、そして弾《はじ》けるように笑い出した。

「あははははははは！　なぁーんだ、竜王子ってどれくらいすごいヤツなのかと思ってたら、アンタみたいなヤツだったなんて。あーはははっっ！」

「なっ――」

「待ちなさい、ランディス」

かっとして剣に手をかけたランディスの腕をエレシスがつかんだ。

「今の見なかったの？　あの女――相当な使い手よ。うかつに飛びかかっていったら大変なことになるわ」

「でも――エレシス！」

「あーら。内輪もめぇ？　うふふふっ」

耳ざわりな声で笑って、ビュリはにやりとした。

「でも、アンタ程度、なにもアタシがわざわざ手を下してあげるまでもないわね。……ちょうどいいわ、コイツの実験台に使ってあげる」

「あ――！　だ、だめっ！　やめて！　約束がちがいますっ！」

ビュリが何かを空にかかげたのを見て、女が悲痛な悲鳴をあげた。

「約束？　アタシがいつ、どんな約束をしたっていうのよ」

「わ、私が体をさし出したら、それを返してくださると約束したじゃありませんか！」

「あーっはっはっはっはっは！」

訴える声にビュリはいっそう甲高《かんだか》い声で笑った。

「バッカじゃないの？」

「え……」

嘲《あざけ》りと蔑《さげす》みのしたたり落ちるような声に、女が目を見開いて絶句する。

「信じ込んでうちの兵隊たちの慰み者になるのはアンタの勝手だけどぉ？　アタシはそんな約束なんかした覚え、なーいわよー、っだ」

「そ、そんな……！」

目を見開いて女が絶句する。ビュリは高笑いを放った。

「武器ってのはねえ、使わなくちゃ意味がないの！」

「だ、だけどそれは……武器じゃ」

「武器に使えるものならなんだって武器なのよ！」

言い放ち、ビュリは再び手にしていたものを天にさし向けた。

「いでよ、風の王！」

「だめっ！　やめてぇーーーっっ！」

女の悲鳴は、突如として沸《わ》き起こったごぉぉぉっ！という音にかき消された。

ビュリが高くさし上げた手の先から竜巻のようなものが沸きあがって、そして広がっていく。

風の渦の中心から――見たこともないモンスターが姿をあらわした。

「ガァァ――ッ！」

「えっ？　ちょ……ちょっと！」

咆哮《ほうこう》をあげたモンスターが狙《ねら》ったのは、――ビュリの連れていた兵士だった。

「ぎゃあぁっ！」

打ち下ろされた腕にたたきつぶされた兵士がすさまじい悲鳴とともに絶命する。

「ナニやってんのっ！　アンタの敵はあっちよ！」

ビュリが叫んでランディスたちのほうへ指をつきつける。

モンスターがじろりとランディスを見、そしてまたビュリに視線を戻した。

「な……ナニよ。主人の命令が聞けないっての？」

「ガァァァァ――――ッッ！」

「きゃんっ！」

モンスターを避けて、ビュリが飛びすさる。

「ど、どういうこと？　精霊は指輪の持ち主に従うんじゃないのっ？」

「指輪は……持ち主を選ぶんです………」

「――なんですってぇ？」

女の弱々しい声にビュリの眉がつりあがった。

「どういうことよ！」

「指輪に選ばれた主人でなければ——精霊は命令には従いません。暴走して、見境なくひとを襲ってしまうんです。だから、やめてくださいとあんなに……」

「先に言いなさいよ、そういうことは！」

ビュリはまだ手にしていたそれを——今の会話からすると、指輪なのだろう——を地面に叩《たた》きつけた。

「使えないいんじゃなんの意味もないじゃないの！　わざわざアタシをこんなとこまで出向かせておいて——ハラの立つ女ね！　……まあいいわ、じゃあせいぜい暴走してもらうから。アンタたち！　帰るわよ！」

ビュリが合図をして兵士たちとともに撤退《てったい》をはじめる。

「待てっ！」

「ガァッ——！」

追おうとしたランディスの前に、女が精霊と呼んだモンスターが立ちはだかった。

いや、精霊ならばモンスターではないのだろうが。その目には一片の理性も存在してはいなかった。

「しょうがない——倒そう」

決断して、ランディスは剣に手をかける。

「そうだね」

やはり剣を抜いてアーネスが頷いた。

「あの女は逃げちまったし——尻《しり》ぬぐいは気に食わないけど、野放しにしとくわけにはいかないいね」

ほかのナイツたちも、その言葉に頷く。

精霊といえど、暴走して人を襲うならモンスターと同じだ。呼び出したビュリは逃げてしまったが、ならばなおさらのこと、放っておくわけにはいかない。

「どれくらい力を持っているかわからない。みんなも気をつけて」

ナイツたちにそう告げて、ランディスは精霊に剣先を向けた。


「グルル……」

濁ったうなり声が精霊の喉《のど》から漏れる。

ランディスは剣を握り直して、大きく息を吸った。

「やあぁぁ……っ！」

鋭い気合いとともに一閃《いっせん》した剣に貫かれてついに精霊の体が大きくかしぎ、そしてどさりと崩れ落ちた。

大きく息をついて、ランディスは剣を鞘《さや》に戻す。

半日近くに及んだ、長い戦いだった。アーネスやノリスがランディスとともに剣をふるい、エレシスとクレアが魔法で彼らを援護して精霊の体力を削っていき、ようやく、とどめをさすことができた。

見回すと、さすがにもうビュリの姿はどこにもなかったが、さきほどの女性が呆然《ぼうぜん》とした様子で座り込んだままでいるのが見えた。

「大丈夫ですか――」

「さわらないで！」

近づいていって手をさし出すと、女性はその手をはらいのけた。ランディスを睨みつける瞳に涙が浮かぶ。

「どうして――なんで戦ったりなんかしたんです！　戦いなんか、何も生み出しはしないのに！」

「え……どうして、って言われても…………」

困惑してランディスの声はくぐもったものになった。

「あのまま放っておいたら、あの精霊は街の人たちとかを襲ってしまっただろうし――」

「あなたがあの人に剣を向けたりしなかったら、ジンは呼び出されたりしなかった！　暴走することだってなかったわ！　あの兵隊さんが殺されてしまったのはあなたのせいじゃありませんか！」

激した口調で、女はランディスを非難する。

「どうしてあなたたちはそうやって簡単に戦いでものごとの決着をつけようとするの！　戦いは何も生み出すことはないいんだって――なんでわからないんですか。結局、あなただってレンガルトと変わらないじゃないですか！」

「そんな――！　僕だってべつに、好きで戦ってるわけじゃない！」

思わずランディスは声を荒げていた。

「あなたを騙《だま》して裏切るようなことをする奴《やつ》らと一緒にしないでくれ！　僕だって、戦わないですむなら――」

ふいにまばゆい光が周囲に広がって、はっとランディスは言葉を切った。

急いで見回すと、光はすこし離れた場所からさしてきていた。先ほどビュリのいたあたりだ。

「うわ……っ！」

光が強さを増して、反射的にランディスは手で目をかばう。

「うそ！　そんな………どうして？」

半ば悲鳴のような、女の声が聞こえた。

おそるおそる目をあけると、光は消えていた。そしてランディスの手には――なぜか見知らぬ指輪がはまっていた。

「これは……」

「風の指輪、です……。でも、どうして……自分から率先して戦おうなんてするような人を、指輪が主人に選ぶなんて」

かすれた声で女が喘ぎ、そして頭を振った。

「どうして……？　あり得ないわ！　そんなこと！」

「なんであり得ないとか断言できるんだよ」

蒼白《そうはく》になった女に、アーネスが呆《あき》れたような視線を投げた。

「アンタが戦わないのはアンタの勝手だけどね。ランディスがどんな気持ちで戦ってるのか、知らないだろ。戦うしかない人間の気持ちも思いやれないなんて最低だよ。——もう行こうよ、ランディス。これ以上話してても無駄《むだ》だ」

「でも……」

「もういいって。その指輪がアンタの指におさまったってことは、アンタの正しさを精霊が認めたってことじゃないか。勝手な思い込みで人を非難するような女なんかほっとけばいいんだよ。行くよ」

「う、うん………」

アーネスに押されるようにして、ランディスは街へ向かって歩き出した。

それでも気になって何度かふり返ると、女は蒼白になったまま、まだその場に座り込んでいた。

ためらいがちなノックの音が聞こえたのは、その晩遅くなってからだった。そろそろやすもうかと思っていたところだったがランディスは立ち上がり、ドアをあける。

思いつめたような表情でドアの向こうにいたのは、昼間の女だった。

「あの……よろしいでしょうか」

「う、うん……。どうぞ」

頷いてランディスは女を部屋に招き入れる。

「名前も名乗らないでごめんなさい。……私は、マレーナと申します。今はあなたの指にある、風の指輪の護人《もりびと》です」

「僕もちゃんと名乗ってなかったね。グランダ王子、ランディスです」

「あなたは――どうして戦おうとするのですか」

マレーナは単刀直入に用件に入った。

「風の指輪があなたを選んだことが、私にはどうしても納得がいかないんです。人を死なせて平気でいるような人が、指輪の主人だなんて――。戦いのあとには悲しみしか残らない。私はそう思います。あなたはなんのために、戦いなどするのです」

「平気じゃないよ」

ランディスは首を横に振る。

「僕だって、戦いたくはないんだ。たとえ敵でも、人を殺すのはいやだ。だけど、レンガルトを野放しにしておいたら、どんどん人が殺される。戦いはいやだと言っていたら、罪もない人たちがもっとつらい思いをさせられることになるんだよ。事実、僕をレンガルトから守ろうとして殺されてしまった人がいる。たしかに戦えば傷つく人は出るけれど、何もしないでいるよりいいと思うんだ」

「それで平和が築けると、本気で思っているの?」

「僕はできるって信じてる。信じてるから、戦ってるんだ」

きっぱりと言ったランディスを、マレーナはしばらく、無言で見つめていた。哀《かな》しげに目を伏せて、かぶりを振る。

「私には——信じられません」

「そう……」

「だから」

顔をあげたマレーナの瞳には、決然とした光が宿っていた。

「見届けさせてもらえませんか。もしあなたの言うとおり、戦いを通して平和を築くことができるなら、私は、自分の目でそれを確かめてみたいんです」

視線をそらすのは、今度はランディスの番だった。それを見てマレーナは眉を寄せる。

「だめなんですか？」

「だめ、ってわけじゃないけど――……そのためには、あなたをナイツにしなくちゃいけないんだ。そうじゃないと、僕たちの旅にはついてこられないよ」

「でしたら、そのナイツにしてください」

「でも、ナイツになるためには儀式が必要で……」

「その儀式を行ってはいただけないんですか？」

「そんなことないけど……儀式、って、竜人と……つまり僕と……交わる、必要が……」

　さすがに、マレーナは息を呑《の》んだ。

「あなたと……？」

　気まずい思いでランディスは頷く。

　マレーナは、戦いを嫌っていると明言している。ナイツになりたいわけでも、戦う力をほしがっているわけでもない。そのマレーナを抱くことはためらわれた。

「考え直したほうが……いいんじゃないかな」

「…………いいえ」

　ためらいながら口にした言葉に、しかしマレーナはきっぱりとかぶりを振った。

「かまいません。連れていってください」

　迷いのない声でそう言うとマレーナは立ち上がる。そして決意を示すためなのか、自ら服を脱ぎはじめた。

　ほっそりと整った肢体《したい》があらわになっていく。透き通るようななめらかな肌に、ランディスは股間《こかん》のものが脈を打ちはじめるのを感じた。

「ほんとに……いいんだね」

　自分も立ち上がり、手早く服を脱ぎ捨てる。

　抱き寄せ、ベッドに横たえていくとマレーナがぎゅっと目を閉じたのがわかった。

　彼女は、決して望んでランディスと交わるわけではないのだ。ランディスがやむを得ず戦っているように、仕方のないことだと割り切っているだけなのだろう。

　これ以上いやな思いはさせないようにしなくては。

「ん……っ………」

　唇を合わせ、柔らかな肌を手のひらでゆっくりとさするように愛撫《あいぶ》する。舌を絡ませ、唇の位置をずらして首筋へ、そこから肩へ、背へとすべらせていく。

「あっ……は、っ…………ぅん……っ」

　後ろから抱きしめて背筋を舌先で愛撫しながら胸元へと手をのばすと、マレーナはぶるっと体を震わせて吐息をもらした。

「ランディス、さま……」

　はじめて、マレーナはランディスの名を呼んだ。

「ぁん……っ！」

乳房を握った手に力をこめると甘い声がもれる。先端にある突起は触れてみるとこりこりとしこっていて、指の間につまんでこねるとマレーナは切なげに体をくねらせた。

「は……あっ、ランディスさま………」

突き出た肩甲骨《けんこうこつ》にごくかるく歯を立て、そのあとを舌でつつく。唇をあててきつめに吸うと長い吐息がマレーナの唇からこぼれた。

マレーナが頭を振ると細く柔らかな巻き毛が揺れてランディスの頬《ほお》をくすぐる。

「ぅんっ……はぁ………。ランディスさま、私、……なんだか、とろけそう………」

「いいよ、とろけても」

「ぁあんっ――！」

尖《とが》った乳首を指先でひっかくようにすると、またマレーナの声が高くなる。

街の外で顔を合わせた時には憎しみにさえ近い表情を浮かべて彼を見ていたマレーナがランディスの手の動きに、くすぐる舌先に、唇で触れるごとに、甘やかにとろけた声をこぼす。

それはマレーナがランディスを認め、受け入れてくれている証拠に感じられて、ランディスはいっそう熱心にマレーナを愛撫する。

「はぁっ、はっ…………あ、ぁあ……」

一方の手を乳房から外して下腹へとうつしていくころにはマレーナはすっかり息を弾《はず》ませ、ただひたすらに甘い声をこぼすばかりになっていた。

「ぁあ――っ！」

彼女の髪に感触の似た細く柔らかな下生えを指先でかきわけ、繁《しげ》みの奥へと指を侵入させるとマレーナは感極まったような声をもらした。

そこはすでにしとどに潤い、さぐると粘膜はランディスを求めてひくひくと震えているようだった。

「ランディス、さま……もう……。お願い……」

かすんだ声が呟《つぶや》くようにねだる。ランディスのものも時折マレーナの太腿《ふともも》に刺激され、そしてマレーナのあげる声とほのかに香る甘い体臭にすっかり興奮状態になっている。

身を起こして体の位置をいれかえ、先端で蜜壺《みつつぼ》をさぐる。マレーナはすんなりした脚をいくらか広げ、自分から腰を浮かせてランディスを迎え入れる姿勢をとった。

「ください、私に……」

「うん……」

潤んだ瞳が切なげに訴え、ランディスは頷いてたぎる砲身をマレーナの身の内へと沈めていった。

「っ！　は、ぁっ…………！」

　ランディスをじかに感じて、マレーナは甘い呻き声をもらした。無意識になのか腰を浮かせて、より奥へとランディスを誘う。

「あ、ぁ……ぅんっ………」

　眉を寄せ、マレーナは積極的に自分から腰を使いはじめた。ぴったりとランディスを包み込んだ、弾力のある肉襞《にくひだ》が淫靡《いんび》に蠕動《ぜんどう》する。

　マレーナの頬はうっすらとばら色に上気し、瞳も潤んでとろけている。半開きになった唇から切なげな吐息がこぼれ、その表情を見るだけでも腰が痺《しび》れてくるようだ。

「マレーナ……」

　たまらずに呻いて、ランディスは自分からも腰を使いはじめた。

　深く突き、半ば引いて、入り口周辺に幹をこすりつけるように小刻みに揺らす。

「あっ、あっあ……」

「ぁあっ！　い、いや、もっと……あっっ！」

　根本まで再び深々と押し入れるとマレーナの声が高くなった。

「あっ……ああっ、うんっ！　あっ、すごい………だ、だめ……あっ！」

　マレーナの声が高まっていく。彼女が夢中になっていることを示すようにマレーナのそこもさらに熱を帯び、揉《も》みしだくようにランディスのものを刺激して痙攣《けいれん》する。

　呼吸を弾ませ、さらに激しくマレーナを突き上げながら、ふと、本当にこれでよかった

のだろうか、という思いが意識をよぎった。

マレーナは、今は夢中になってランディスを受け入れ、歓喜している。

だが、彼女は戦いを望んでいない。ランディスに抱かれたくて抱かれているわけでもないのだ。

なのに――。

「ぁ、ああっ！　い、いや……わ、私、だめ、もう……っ！」

「……っっ！」

マレーナが切羽詰まった悲鳴をあげ、ランディスを受け入れた場所が激しく痙攣する。

「あ――マレーナ………っ！」

「あっ、だめ、いっちゃう……いっちゃうっ！　あっ、あぁぁーーーーっっ！」

背を大きくのけぞらせ、マレーナが絶叫する。

「あ、あっ……！」

熱い衝動が全身を貫いて、こらえきれずにランディスもマレーナの奥深くへと情熱を解き放った。

「ばかものっっ！」

「きゃんっ」

　覇王《はおう》フィルネスの怒号が響き渡り、雷を落とされたビュリが小さな悲鳴をもらして身を縮めた。

「なぜ竜王子をその場で殺して来なかったのだ！　貴様、それでもわがレンガルト四天王の一人か！」

「だーってぇ……」

　ぷうっと頬をふくらませ、ビュリは唇を尖らせる。

「精霊が暴走したのが計算外だったんですよぉ。アタシだって今度アイツに出くわしたら容赦なんかしません」

「その言葉、偽りはないだろうな」

「あるわけないじゃないですか」

　誰もがおそれる覇王フィルネスを、ビュリもまたおそれてはいるものの萎縮《いしゅく》していないところはさすがに四天王の一人として選ばれているだけのことはある。

「別にアイツがこわくて逃げてきたわけじゃありません。ご命令があればいつだってアイツのこと、八つ裂きにしてきますから」

　つん、と頭をあげて挑戦的にフィルネスを見返す。負けん気の強い視線をフィルネスはじろりと一瞥《いちべつ》し、頷いた。

「よかろう。再び同じようなことがあれば許さぬぞ」

「はぁーい」

「しかし——陛下《へいか》」

四天王の一人カーストラが目深にかぶったフードの奥から主君を窺《うかが》うように見る。

「竜王子めはまもなくグランダに入ってしまいます。あの国には竜王家への忠誠心のあつい者がかなりまだ残っているはず。やつらがグランダを抜ける間に軍勢に相当な戦力が加わらぬとも限りませぬ」

「わかっておる」

重々しく頷いて、フィルネスは視線を転じる。

「アルディーヌ」

「は——！」

名指しを受けて、アルディーヌは瞬時にして全身が昂揚《こうよう》に熱くなるのを感じた。

「旧グランダ領内であの小僧を仕留めろ。オルターには決して入れるな」

「は」

膝《ひざ》をついて深々と頭を下げ、アルディーヌは主命を受ける。

「しかと——承りました」

「期待しておるぞ」

「えー？　アタシにやらせてくれるんじゃないんですかぁ？」

「控えろ、ビュリ」

不満げな声をあげたビュリをキプロスが叱咤《しった》する。

「フィルネスさまがお決めになることだ」

「だってぇー」

それでもまだ不満そうにビュリはまた頰をふくらませる。

「アタシの獲物《えもの》だったのに。どーして姉さまに譲らなくちゃいけないのよぉ」

「その獲物を仕留められなかったからだろうが」

「だから次はちゃんとやるって言ってるじゃないのよ」

「ビュリ」

なおも言い募るビュリをフィルネスが制する。怒気の濃くなった声にさすがにまずいと思ったのかビュリも首をすくめて神妙な表情になった。

「はーい……ごめんなさい」

「おまえはしばらく謹慎しておれ。――アルディーヌ。よいな、任せたぞ」

「かしこまりました」

あらためてアルディーヌは深く頭を下げた。頷いたフィルネスがかるく手で追うようなしぐさをし、四天王に退出を促す。

御前を退出し、アルディーヌはちいさく息をついた。

今日は――、あの女は軍議には顔を出して来なかった。

いや、本来あの場にいる資格を持っているのは彼ら四天王だけなのだ。

それがいつからかあの女が玉座の傍らに控えていることが多くなって――。

今日のように、たまに姿が見えないとほっとするが、そう感じることがそもそもおかしいのだと思うとどうにも釈然としない。

釈然としないといえば――。

ほかにも、納得しきれないことはある。

城の下層へ降りていくと、当番兵が四天王に気づいて直立不動になる。

「囚人《しゅうじん》はどうしている」

「はッ！　おとなしくしております！」

さらに体をのばして、兵士は上ずった声でそうこたえた。頷いてアルディーヌは中へ入り、もっとも奥まった牢《ろう》をのぞきこむ。

牢の奥にうずくまる、ほっそりとした人影。眠っているのかすでに首をめぐらす気力も失っているのか、アルディーヌが近づいても顔もあげず、ただうなだれている。

わずかに、頬がひきつれるのを感じ、アルディーヌはきびすを返して牢を出た。

「ご機嫌伺いか？」

声をかけられて見ると、牢へと降りる階段の途中で、キプロスが待っていた。ここを降りていくのを見られたらしいと気づいて、アルディーヌは苦笑をもらす。

「あまり気にするな。あの娘のことは放っておけ」

「わかっている」

キプロスに促されて階段をのぼっていきながら、アルディーヌはしかし苦い息をつく。

「私にはフィルネスさまのお気持ちがよくわからん」

長いつき合いであり、共に肩を並べて死線をくぐってきた戦友でもあるキプロスにしか言えないことだ。

「見せしめに殺すというならわかる。凌辱《りょうじょく》して服従させるというのでも納得はする。――だがフィルネスさまはどちらもなさらない。ただ牢につないで、飼い殺しにしておられるだけだ。しかもあの娘が我らの手の内にあることも明らかにはなさらない」

「アルディーヌ」

「いったいなんのために、フィルネスさまはあのようなことをなさっておられるのか――

わからんのだ、キプロス」

「それは俺《おれ》も同じさ」

苦笑いを屈強な表情に浮かべて、キプロスは肩をすくめた。

「だがな、アルディーヌ」

「わかっている」

もう一つ吐息をもらして、アルディーヌは頷いた。

「我々は武人だ。そしてフィルネスさまに剣を捧げている。政治的な判断はフィルネスさまがなさる。われらはただ、フィルネスさまに従って、そして命じられたとおりに戦っていればいい。それが——我々の使命だ」

「そういうことだ」

太い笑みを浮かべて、キプロスはかるくアルディーヌの背を叩いた。

「俺に言うぶんにはかまわぬが、ほかの兵どもの耳に入るところでは言わずにおけよ」

「ああ」

頷いて、わかっていると示す。

アルディーヌとて兵をまとめる身——仮にも四天王の一人という地位を拝命している。

一般の兵卒や主君の前で口にしていいこととそうでないことのわきまえはつく。

「おまえにしか言わぬよ、こんなことは」

「それならかまわんさ。いくらただフィルネスさまに従っていればよいとはいえ、俺たちだって何も考えぬわけではないからな」

「……すまんな」

「何を殊勝なことを言っている」

苦笑するとキプロスは磊落《らいらく》に笑った。

「俺も愚痴《ぐち》のある時はおまえに言うからな。お互いさまだ」

話すうちに階段をのぼり終え、二人は城内に戻っていた。

「まあ——なんにせよ」

もう一度、キプロスはアルディーヌの肩を叩いた。

「我々が今こうしてここにあるのは、すべてフィルネスさまあってのことだ」

「………そうだな」

うすく笑んで、アルディーヌも頷いた。

第5章　歴史

そこは――廃墟《はいきょ》だった。

三年前までは、この場所に壮麗なグランダ王宮があったのだとは、知らぬ者は決して思いつけないだろうし、知っていたとしても己《おの》れの目を疑ったことだろう。

ランディスはやるせない思いで、廃墟となった王城跡を歩く。

ナイツたちはランディスの心中を慮《おもんぱか》ってか、彼を一人にしてくれた。

かつて本宮だった場所――今は生死のわからない妹ミルディーの暮らしていた王女宮、ランディス自身が暮らしていた王子宮。

どこも懐かしく――だが打ち壊され、廃材さえ持ち去られたその場所に、目になじんでいた建物を思い描くのはひどく難しかった。

「あ…………」

前方に見えた、開けた一画に、思わずちいさな声がもれた。

あれは、竜魂殿のあった場所――。

かつてそこにあった神殿は、やはり打ち壊されてしまっていたが、そこは彼の父、偉大なる王ディスタルが最期の時を迎えた場所だ。

吸い寄せられるように、ランディスはそちらに近づいていった。

と。

崩れきれずにいくらか残っていた壁の向こうにたたずんでいる人影があるのが見えた。

見覚えのある姿に、思わずランディスは息を飲む。

「……あら」

気配を感じたのか、相手がふり返って唇の端を持ち上げた。

「まだ生きていたのね、あなた。感心だこと」

「…………バネッサ……」

半ば身構えながら、ランディスは素早く四囲に視線をはしらせる。

周辺にレンガルト兵らしき姿はなかった。どうやらバネッサは単身この場所に来ていたようだ。

「何を、してたの……ここで」

「竜王の墓参りでもしてあげようかしらと思って」

ふふ、と含み笑いをもらして、バネッサはウェーブのかかった髪をかるくかき上げる。

「惨めなものよね、敗者というものは。生きていた時には賢帝だの名君だのと持ちあげられていても、しょせんは一時の栄華。負けてしまえばこうして瓦礫《がれき》に埋もれて、誰《だれ》もに忘れ去られていくだけ」

「やめろ！　そういう言い方は！」

侮蔑《ぶべつ》のこもった声に、ランディスはバネッサの声を打ち消そうと声を荒げる。

「いったい——どうしちゃったんだよ、バネッサ！　あなたはあんなに、父さんのことを尊敬してたじゃないか！」

くくっ、とバネッサは喉《のど》を鳴らす。

「そんなこと、あったかしら？」

「バネッサ！」

強く、ランディスは頭を振った。

「どうしてだよ——なんでこんなことになっちゃったんだ！　どうしてあなたがレンガルトについいたりしてるんだ！」

「言わなかったかしら？　理想を手に入れるためよ」

「人を殺して！　村を焼いて！　そんなことをして理想が手に入るっていうの？」

「入るわよ」

そう返した声の冷たさに、ぞっと内臓が冷えた。

温度のさがった瞳《ひとみ》が、貫き通すようにランディスを見据《みす》える。

「力さえあれば、どんなことでもできるのよ。力を持たない者はただ踏みにじられるだけ。だったら力を持つべきでしょう？」

「そんな……——」

やりきれない思いにランディスは頭を振る。

「そんなの、間違ってる！　力を持ってれば何をしたっていいなんて、間違ってるよ！

あなたは争いのない平和な世界を作りたい、って——僕にそう言ったじゃないか！　レンガルトのやってることは、それと全く逆なのに！」

「負け犬の遠吠《とおぼ》えね」

冷淡に、バネッサは言い放つ。

「悔しいなら強くなりなさい。あなたが力を手に入れたら、あなたの知りたいことを教えてあげてもいいわ」

「バネッサ！　待って！」

きびすを返したバネッサの背に声を投げる。だがバネッサは歩みをとめなかった。ふと、肩ごしにランディスをふり返る。

「一つだけ、教えてあげましょうか。——ミルディーは、生きてるわよ」

「え……！」

心臓が大きく跳ねた。

ミルディーが……妹が生きているというのか。

「ほんとなの？　それ！」

「さあね」

くくっ、とバネッサはまた笑った。

「あなたを混乱させるためのウソかもしれないわよ」

「あ――バネッサ！　待って！」

だがランディスの声にはもうバネッサはこたえなかった。バネッサを引き止めようと、ランディスはその背に向かって駆ける。

だがすらりとした後ろ姿は走り寄るうちにぐにゃりと揺らいで、そしてふっと消えた。

バネッサが何かの魔法を使ってこの場を去ったのだと気づいて、ランディスはがっくりと肩を落とす。体の力が抜けて、地面に膝《ひざ》をついた。

やはり――彼の知っていたバネッサと同じ人物だとはとても思えない。外見は、そして声も、明らかに彼の大好きだった優しい幼なじみと同じだというのに。

バネッサは、ほんとうに……どうしてしまったのか。

「………？」

ふと、視界のすみに何かが見えて、ランディスはそちらに視線をめぐらせる。

そこには、何輪かの花が束のように並べて置かれていた。まるで、墓標への手向けのように。

あたりを見回してみても同じ花は咲いているように見えなかった。誰かがどこかから摘《つ》んでここまで持参して、そして置いていったのだ。

まだ花は新しかった。みずみずしい花弁が太陽を受けて光っている。まだそなえられてからほとんど時間はたっていないにちがいない。

バネッサ——だろうか。竜王の墓参りに来たと、そう言っていたけれど。

きっと、以前のバネッサならこうしただろう。だが——今のバネッサはレンガルトの人間になっているのだ。ひどく侮蔑的な口調でディスタル王を蔑《さげす》んだバネッサが、グランダ王の墓所に花を手向けたりするのだろうか……？

手をのばして、ランディスは花を一輪、手にとってみる。

バネッサの考えていることが、ランディスにはまったくわからない。

（ミルディーは、生きてるわ）

（ウソかもしれないわよ）

どちらが、真実なのだろう。花を手向けるバネッサと、ディスタル王を負け犬と罵《ののし》るバネッサと。

手にとった花は、ランディスには何も教えてはくれなかった。


「……見えてきたよ。あそこだ」

建物がようやく視界に入ってきて、ランディスは前方を指さす。

「へえ……案外貧乏くさいっていうか、ちっちゃいんだね」

「ばかね、修道院が贅沢《ぜいたく》をしてどうするのよ」

首をのばしたアーネスが言った言葉にエレシスが呆《あき》れたように言い返す。むっとした様子でアーネスは唇を尖《とが》らせ、そっぽを向いた。

「質素ですけれど、とてもきちんとした造りになっていると思いますわ」

手を目の上にかざして修道院を見やったマレーナがやんわりと言う。

「目にみえる贅沢はしていなくても、とても暮らしやすい場所として造られているように思えます」

「ふうん？　そういうもんなのかい？」

「ええ」

にっこりとマレーナは笑った。

チッタバサ郊外。街へ向かう前に、ランディスは修道院に立ち寄ることにした。

ここはかつて彼が少年時代の一時期を暮らし、そして――バネッサがずっと住んでいたところだ。

バネッサが姿を消してから、すでに四年がたっている。戦争もあって、さすがにもうなんの手がかりも残されてはいないかもしれないが、バネッサの変心を読み解く鍵《かぎ》が、もしかしたら手に入るかもしれない――。

修道院はあまり戦禍《せんか》を受けなかったのか、懐かしい姿のままそこにあるように見えた。さすがに神につかえる人々の住居とあってレンガルトも遠慮をしたのだろうか。

だがたどりついてみると、それは幻想にすぎなかった。

外観こそ損なわれてはいなかったが、家具や畑はめちゃくちゃにされ、バネッサとよくお茶を飲んだ食堂のかまども、すっかり埃《ほこり》をかぶって雑草が生えている。

マレーナが言ったように堅牢《けんろう》な造りになっていたせいで、かえって荒廃はひどかった。あちこちに黒くかわいた血痕《けっこん》らしきしみが飛び散っており、人の気配はない。

絶望的な気分であたりを見回していると、どこかで物音がした。はっとランディスは音の方向を探す。

どうやら——音は聖堂から聞こえてきたようだった。

「誰かいるの？」

「ランディスさま！　来ちゃだめっ！」

「え——？」

聖堂に足を踏み入れようとした動きが、とまった。

今の、声は——。

「動くな、竜王子」

「逃げて！　ランディスさまっっ！」

ひくい女の声と、そして甲高《かんだか》い悲鳴とが同時に鼓膜《こまく》を打つ。

混乱し、立ち尽くしたランディスの前に、もがく少女の腕をねじあげ、その喉元に短剣

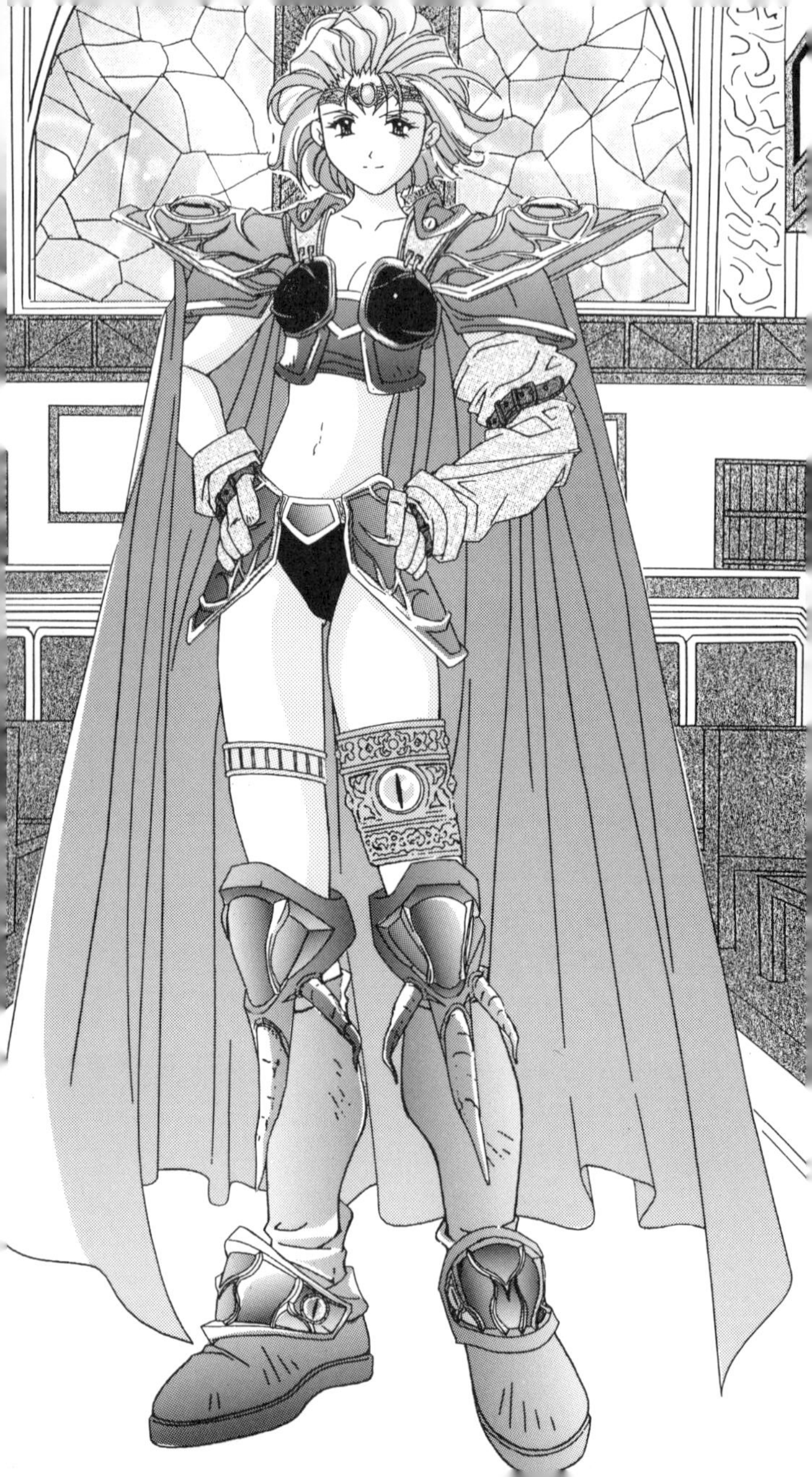

をつきつけた女が姿をあらわした。

「剣を捨てろ、竜王子」

「だめです！　ランディスさま、逃げてください！」

「……きみは、メイ！」

女に拘束されていた少女に、ランディスは見覚えがあった。やはり修道院にいた幼なじみたちの一人、メイだ。

「生きてたのか――！」

「だがおまえが動くと、今ここでこの女は死ぬ」

メイをとらえていた女がそう宣言して、剣先をメイの喉にさらに近づけた。剣先をよけようとそらされた白い喉元に切っ先が食い込み、ぷつりと赤い血の玉が浮く。

「おまえは……レンガルトか」

「レンガルト四天王の一人、アルディーヌだ」

ランディスの問いかけに女は悠然とそうこたえた。

「先日は妹が世話になったたな」

「妹……？」

「ビュリだ。ルーベンで会っていると思うが？」

「あ――……！」

マレーナが細く息を呑《の》んだ。あの時のことを思い出してしまったのだろう。

あの時のビュリと、この女は姉妹だというのか。

あまり似ていない姉妹だった。ビュリは体つきもあまり大きくはなく、明らかな魔法使いだったが、この女は逆に一見して戦士だとわかる。

だが。

「剣を捨てろ、竜王子。この女が死んでもいいのか？」

外見こそ似ているようには思えなかったが、卑怯《ひきょう》なやり口はビュリと同じだった。

グランダへの奇襲といい、トルスの村に焼き討ちをかけようとしたことといい――レンガルトの手口はいつもこうだ。

「卑怯者め！　レンガルトにはおまえたちみたいな卑怯者しかいないのか！」

「おまえたちに我々を卑怯となじる資格があるとでも思っているのか」

ランディスの非難にもアルディーヌは動じず、むしろ冷笑を返してきた。

「とくに貴様だ、竜王子。竜人の血を引くおまえこそが、何千年にもわたって我々を虐《しいた》げ不当に扱ってきた、最大の卑怯者だろうが」

「え――……？」

思いもかけなかった言葉に、ランディスは一瞬、言葉を失う。

「な、……なんのことだ！」

「己れの血族のやってきたことを何も知らずに、よくも正義ぶった口がきけるものよ」

唇の端を皮肉げに歪《ゆが》めて、アルディーヌはさらにランディスに嘲笑を投げる。

「我々はバドムだ」

「バドム……？」

はじめて聞く名前だった。——いや、はじめて、ではない。

たしか遠い昔に一度、誰かがその名を口にしたのを聞いたことがあるように思う。

だが誰が、どんな話の流れで出した言葉だったろうか。

「バドムの存在さえ知らぬか」

いっそう、アルディーヌの口調に侮蔑がこもった。

「それこそが己れの無知と傲慢《ごうまん》とをよくあらわしているというものだ。教えてやる。我々バドムは人と同列に扱われることのなくなっていた、虐げられた一族。家畜や奴隷同然に扱われ、なんの権利も与えられることなく使いつぶされ殺されてきた者たちだ。——おまえたち竜人によってな」

言葉が。出て来ない。

喉がからからに干上がっていた。

いったい、それは、どういう………。

凝然とアルディーヌを見つめるランディスに、女はまた唇を歪める。

「バドムもまた、竜神が邪神ガルデスと戦った折には人間とともにガルデスと戦った一族だった。いや、邪神との戦いで同胞のほとんどを失ったのはむしろバドムだった。だが竜人はフェスタックを統治する際、バドムの功績を認めなかった。そればかりか、我々が同胞の多くを失い、数で劣っているのをいいことにバドムのものをすべて奪い、バドムは何もかもを奪われて当然の劣悪な種なのだと喧伝《けんでん》してそれを押し通したのだ。己れらがより多くの甘い汁を吸うためにな！」

信じられない言葉が次々とアルディーヌの唇から飛び出して来る。ランディスはただ呆《ぼう》然《ぜん》と、アルディーヌを見ていた。

「な――何を好き勝手なこと言ってるんだ！」

ようやく自失から立ち直ってアーネスが叫んだ。

「嘘《うそ》八百並べてるんじゃないよ！　迫害だの家畜扱いだの、そんなことあるはずが」

「……あるよ」

ぼそりと呟《つぶや》いてアーネスを遮ったのは、ノリスだった。ぎくりとアーネスが動きをとめてノリスを見る。

「え……？」

「どこにでもいるわけじゃないけど――バドムと呼ばれる人たちはいる。いくつかの街で見たことがある、私《わたし》。邪神を神と仰ぐ卑劣なやつらで野放しにすると危険だ、すぐに人を殺したり呪《のろ》いの儀式をはじめたりする、っていつも監視されて、働かされてた」

「そん、な……」

「ほんとのことだから――」

言葉を失ったアーネスから目をそらして、ノリスはぽつりと呟く。

「その女の言ってることがほんとうかどうかは、知らない。でも……バドムはいる。事情はどうあれ、虐げられて人間らしい扱いを受けてないってことは、ほんとうだよ」

「これでわかっただろう」

ぼそぼそとしたノリスの声にかぶせるように、アルディーヌの声が響く。

「レンガルトはバドムが建《た》てた国だ。我々は長年にわたって奪い取られていたものを取り返し、本来の正当な権利を取り戻すために、立ち上がったのだ！」

「……あっ！」

「！　なにっっ！」

クレアの鋭い悲鳴と、アルディーヌの叫びはほぼ同時に響いた。

「――……メイっ！」

動いたのは、アルディーヌに剣をつきつけられていたメイだった。女の意識がそれたわずかなスキを狙《ねら》って、どこから取り出したのか、短剣で自らの胸を突いたのだ。

「戦って、ランディス……さま………」

自ら刺した胸をおさえて、メイはかすれた声で囁《ささや》く。

「バドムの、歴史は……どうでも、今彼らがしていることは……間違ってるわ……。そんな人たちに利用されて、ランディスさまを死なせるぐらいなら、私、が、……」

「メイ！」

怒りが、ランディスを呪縛《じゅばく》から解き放った。

メイの言うとおりだ。

迫害されてきたのだから人間を殺していいなどという論理は間違っている。

「……アルディーヌ、覚悟！」

「ちィッ！」

ぐったりとなったメイとメイにつきつけていた短剣を投げ捨て、アルディーヌは腰の長剣を抜いた。


「はぁ、…………はぁ……」

大きく肩で息をしながら、ランディスは額の汗を拭《ぬぐ》う。

「う、……ぅぅっ……」

地に倒れ伏したアルディーヌは、もう起き上がる力を失っていた。

「くそ、……殺、せ…………ぐふっ！」

呻《うめ》き声を絞り出し、アルディーヌは咳《せ》き込《こ》んで血を吐いた。

表情を歪めてランディスは目をそらし、そして剣を鞘《さや》におさめる。

「ランディス？」

アーネスが驚いて声をあげた。

「どうしたんだよ——とどめを刺しな！」

だがランディスはその声にかぶりを振った。

「もうこの人は戦えない。……その人を殺すのは、いやだよ」

「何言ってるんだ！」

「アルディーヌ！　無事か！　……っ！」

「——……っ！」

アルディーヌの名を呼んで飛び込んできた男に、ランディスははっと身構える。

それは、忘れもしない——あの男。

ランディスの父、ディスタル王の命を奪ったレンガルトの四天王、キプロスだった。

「竜王子……」

キプロスも、ランディスを見てあの時の少年だと悟ったようだった。剣に手をかけ、そして身構える。

「貴様、よくもアルディーヌを。あの時は殺し損ねたが——今度は容赦せんぞ」

「待ってくれ――キプロス」

油断を見せないように身構えながらも、しかしランディスはかぶりを振った。

「僕だっておまえを許すつもりはない。だけど、今は退《ひ》いてくれないか」

「なんだと？」

「その人を」

視線で、倒れているアルディーヌを示す。

「このまま放っておいたら死んでしまう。でも今手当てをすれば、きっと助かる」

傷に喘《あえ》いでいたアルディーヌが、大きく目を見開いた。いや、キプロスも、信じられないという顔でランディスを見つめていた。

「……敵に情けをかけるつもりか。余裕だな」

「そうじゃない」

強くランディスはかぶりを振る。

「敵とか味方とか――そうじゃないだろう。今、傷ついている人がいて、手当てをすれば助かるかもしれないんだ。それなのに見捨てるなんて、僕はいやなんだ」

「…………」

キプロスは奇妙な表情でランディスを凝視した。ちらりとアルディーヌを見る。

「わ、私のことはいい、キプロス！　竜王子、を…………ごほっ！」

大きく、キプロスの肩が動いた。ため息をついて、戦士は剣を鞘に戻す。

ランディスはナイツたちを抑《おさ》えて、道をあけた。彼らの脇《わき》を通り抜け、キプロスはアルディーヌを抱き上げる。

「キプ、ロ……ス………何を」

「黙っていろ」

短く返して、キプロスはランディスを見た。

「借りとは思わぬが、礼は言っておく」

「早く手当てをしてあげて。僕が望むのはそれだけだ」

「わかった」

それ以上はキプロスも何も言わなかった。アルディーヌを抱いたまま、去っていく。

ナイツたちはただ無言で、それを見つめていた。


クレアの手のひらから、暖かな白い光が広がってメイの胸元へ吸い込まれていく。

自分の胸を刺したメイの傷は、幸い、あまり深くはなかった。剣を扱うのが不慣れで急所を知らなかったのだろう、と傷口をあらためたアーネスが苦笑していた。

「うーん………」

クレアの回復の魔法だけで、メイは失っていた意識を回復した。のぞきこんでいたランディスに気がついて、はね起きる。

「ランディスさま！　ご無事ですか！」

「うん」

自らの体に剣を突き立てたのだ。さぞや恐ろしい思いをしたろうに、何よりも彼を心配するメイにランディスは微笑《ほほえ》む。

「きみの勇気のおかげだよ。ありがとう、メイ」

「いえ……そんな。私は別に」

ほのかに頬《ほお》を赤くして、メイはかぶりを振る。

「私、ランディスさまがレンガルトを倒すために軍を起こした、って聞いて、ほんとに嬉《うれ》しかったんです。ランディスさまなら必ず、やりとげてくださる、って思って。なのに私のどじでランディスさまが降伏させられたり殺されたりしたら……ランディスさまに期待をかけてるたくさんの人に申し訳が立たないです」

「メイ……」

胸を打たれてランディスはただ、メイに頭を下げる。

「ありがとう――……ほんとに」

「そんな……ランディスさま。頭なんか下げないでください。困ります」

慌てたようにメイがかぶりを振り、見守っていたナイツたちも微笑をもらした。

「ところで——ノリス」

緊張が解け、息をついたアーネスがノリスをふり返った。

「さっきの話だけどさ。バドムとかいう——ほんとなのかい」

「ほんとうよ」

ノリスは頷《うなず》く。

「嘘を言う理由なんかないでしょう？」

「そうかもしれないけど——ワタシにはとうてい信じられないよ、そんな話」

「でも。バドムはいるわ。私は知ってる」

「あの……」

おずおずと会話に割り込んだのは、メイだった。

「バドムのことは、ほんとうです」

「知ってるの？　メイ」

尋ねたランディスに、メイはこくりと頷いた。

「私は学者を志望していましたから。……まさかレンガルトがバドムの国だとは知りませんでしたけれど」

「きみが知っていることを教えてくれない？」

「ええ、もちろん。それがランディスさまのお役に立つなら」

メイは頷いて、話をはじめた。


チッタバサの街にとった宿屋の部屋で、ランディスは重い息をついた。

メイが語ってくれたのは——ランディスがそれまでまったく知らなかった、歴史の暗部とも言うべきものだった。

かつてフェスタック大陸が邪神ガルデスに襲われ、それと戦い倒した竜神はガルデスを封じた。そして竜神に力を与えられた一人の男が竜人となりフェスタック全土を統一した。それは、誰もが知っている歴史だ。

メイが詳しく語ってくれたところによれば、邪神ガルデスが封じられているのは、大陸の端にあるビスアドムという島なのだという。そして、ビスアドム島に当時住んでいたのが、バドムであった。

邪神を封じた穢《けが》れの地に住み続けることはできず、バドムはフェスタック大陸に移住してきたが、彼らは自分たちに与えられた土地だけでは満足しなかった。バドムの領土を広げると称して人間を襲ったため、人間もやむなくバドムに対して剣を取り、人間とバドムとの間で戦いが起こった。

しかしバドムはもとより少数民族で勢力もあまり大きくはなかったため、戦いはさして長引かず、人間の勝利に終わった。

ところがバドムは人間に負け、領土を広げられなかったことを逆恨みし、邪神ガルデスの封印を解いて人間を抹殺しようと企てた。しかしその計画も未然に察知され、バドムはその後厳重な監視のもとに置かれることとなった。

（バドムを全員殺すべきだという声も多かったのですが、時の竜王がそれを許しませんでした）

メイの語った声が脳裏によみがえってくる。

（なぜなら、道を誤ったとはいえ、バドムにも命があるからです。むやみと命を奪うことは、竜王の本意ではありませんでした。ただ、再びガルデスの復活をもくろむようなことのないように、そして生きていく以上は働いて自分たちの食事は稼がなくてはいけませんから、彼らには罰《ばつ》の意味もあって重い労働が科せられることになったんです）

そして時が経《た》ち、大陸が開発されていくにつれて、バドムが受け持つべき仕事は減っていった。バドムは仕事を求め、本来ならば家畜にやらせるような作業をも自分たちから求めて請《う》け負《お》うようになり、それがバドムの仕事として浸透していったのだ。

（ですが、おそらく最近では、その歴史がバドムの中でも忘れられていきつつあるのでしょう。もとは自分たちの祖先が自主的に請け負っていた仕事も、その理由を知らされなければ不当な扱いだと感じるバドムが育ってもおかしくはありません。それほど長い時が、当時からは流れてしまっていますから……）

そして人間の側も――とランディスは思った。おそらく、忘れてしまったのだ。長い時の中で、バドムももとは自分たちと同じ人間だということを。

（同じ人間なのにね……）

「あ……」

どこか自嘲的《じちょうてき》な笑みのまじった声がふと脳裏に浮かんで、ランディスはちいさな声をもらした。

そうだ――。

アルディーヌがバドムという単語を口にした時に、どこかで聞いたことがあると思ったのは。

（私はバドムだから）

そう言った女性《ひと》がいた。

（私も父も、バドムだから。しょうがないのよ――たったそれだけのことで殺されても）

そう語ったのは、バネッサだった。

父親が貴族の服を汚して、殺されたのは、バドムだからなのだと、あの時バネッサはそう言ったのだ。当時のランディスはバドムの存在を知らなかったから、きっと貴族に仕える何かの身分か役職なのだろうと解釈して、それきり忘れてしまっていた。

だが、今――。そうした事情を知った上で思い返せば、バネッサのあの時の苦い笑みの理由がわかる。そしてバネッサが自分を取り立ててくれた父王ディスタルを手放しで賞賛していた真の理由も。

本来バドムであるバネッサには、宮廷魔術師という地位など望むべくもなかったのだ。ディスタルはバネッサがバドムであると知った上で、それでもバネッサの才能を評価してバネッサを登用した。

どれほど、バネッサにとってそれは嬉しいことだったか――。

だが。

そのバネッサは、今はレンガルトに――本来彼女の同胞であるバドムの国に味方しているのだ。

いや――バネッサはそもそもバドムなのだから、同胞の国のために戦うのは、ある意味当然なのかもしれない……。

ふと、ランディスは背中に冷たいものを感じた。

もしや。

バネッサははじめからグランダを崩壊させる手引きをするために、身よりを失った少女を装ってグランダにやってきたのではないのか……？

レンガルトが勢力を広げはじめた時期と、バネッサが失踪《しっそう》した時期はほぼ合っている。

それは先日ランディス自身が気づいてしまったことだ。

あまりにもタイミングが合いすぎているからこそ偶然にちがいないと、あの時は思ったが、もし。

工作のためにグランダにやってきたバネッサが下準備をすべて終えて本国へ戻ったのだとしたら——それは符合ではなく、ただの予定調和ということになる。

ランディスの父、ディスタル王は公正な王だった。それこそ、出自がたとえバドムであっても才能を認めれば宮廷魔術師に引き立てるほどの。

そのことをバドムが知っていて、バネッサを送り込んだのだとしたら。

長い時間をかけてバネッサはディスタル王に取り入り、もしかしたらグランダを陥落させるために必要な重要な機密を手に入れて、それを持ってレンガルトに——。

「…………っ！」

ランディスは強く、頭を振った。

そんなことが——そんなことがあってたまるか。

あの修道院での穏やかで優しい、楽しい日々。

花を摘みとることさえかわいそうだと微笑んだ、バネッサのあの笑顔。

ランディスの好物だからとよく作ってくれたお菓子や、いれてくれたお茶。

嫌いなものも食べなければだめだと、食事には容赦をしなかった、厳しい姉。

ランディスが間違ったことをすれば叱《しか》って、ランディスが非を認めて謝れば微笑んで許してくれた。

(まあ、ランディスったら……うふふ)

あの笑顔が――あの日々は、すべて、偽りだったというのだろうか。

嘘だ。

そんなことが、あるはずがない――。

強く拳《こぶし》を握りしめ、ランディスは幾度も幾度も頭を振った。

第6章　変心

陰惨な光景が、そこでは展開されていた。

「うんっ！　うぐっ……ぁふ……っ」

「ほら、もっと腰使え、腰！」

「クチも使えよ、ちゃんとよ！　しっかりしゃぶらねえか！」

「うぐぅっ……ぐふ、っ……」

前後から男に二人がかりで犯されていた女は、体じゅう傷だらけだった。あちこちが痛々しく赤く腫《は》れ上がり、まだ生々しいみみず腫れや青あざが散っている。

女がこの男たちにひどく殴られた上、さらに犯されているのは明らかだった。いや、今もなお、男たちは女を時折殴りつけながら腰を使っている。

「もっと腰振らねえか！　ぜんぜん濡《ぬ》れねえじゃねえかよ！　気持ちよくねえぞ！」

「ぁうっ……ぐっ……」

髪をつかまれ、ふり回されて女が苦しげに呻《うめ》く。

「なんてことを……！」

「助けてあげましょう、ランディス」

「うん」

クレアの声にランディスは頷《うなず》いた。

どんな事情があるのかは知らないが、女の子をめちゃくちゃに殴った上で犯していい理由など、あるはずがない。

「おい、やめろ！　その人を放せ！」

「……あぁ？」

「なんだてめぇは？」

男たちがじろりとふり返る。ランディスが剣を握っているのを見てとると女の秘部と唇からそれぞれの陽物を抜き取った。支えを失って、女がぐったりと地面に崩れ落ちる。

「なんだってんだよ。あぁ？　なんか文句でもあるってのか？」

ぺっ、と石畳《いしだたみ》に唾《つば》を吐き捨てて、男の一人が短剣を抜いた。

「きれーなねーちゃんいっぱい連れてんじゃねえかよ。まだ足りねえってのか？」

「おめーにゃもったいねーくれぇイイ女ばっかりじゃねえか。オレらがもらってやるから置いてとっとと逃げてきな」

「逃げるのはおまえたちだ」

下卑《げび》た声に憤りをかきたてられて、ランディスは険しく男たちを睨《にら》みつける。

「今すぐこの場を立ち去るなら、見逃してやる」

「けッ！」

そう叫び、もう一度唾を吐くなり男たちは切りかかってきた。

勝負はほとんど一瞬でついた。ランディスとナイツたちはレンガルト、そして狂暴なモンスターとさえ戦ってきたのだ。街のちんぴら風情《ふぜい》に遅れをとるようなことはなかった。

「くそっ！　覚えてやがれっ！」

お定まりの捨てぜりふを残して男たちが逃げて行く。ランディスは石畳に座り込んでぐったりとうなだれている女に近づいて、その傍《かたわ》らに膝《ひざ》をついた。

「大丈夫？」

「……ああ…………」

ため息のような声で、女は頷いた。半ば以上ひきはがされていた服を引っぱって、のろのろと胸元を隠す。

「僕はランディスっていうんだ。きみは？」

「アタイかい？　……ティキ」

「いったい何があったの？　僕たちで力になれることがあるなら話してみない？」

ふ、とティキは唇の端を歪《ゆが》めた。

「足を洗おうとしたのさ。クルアスタから仕事をもらってるちっぽけなギルドに入ってたんだけどね。もう――ばかばかしくなっちまってさ」

「クルアスタ！」

心臓が跳ねた。

グランダ領内を抜け、ランディスたち一行は隣国オルター領に足を踏み入れていた。そしてそのころから、幾度か「クルアスタ」という名を耳にするようになったのだ。

噂《うわさ》をつなぎ合わせると、クルアスタというのはレンガルトとは別の、バドムの組織であるらしかった。レンガルトが堂々と国家を名乗っているのに対してクルアスタは裏社会で幅を利かせているらしい。

この街、レブレントにどうやらクルアスタの拠点があるらしいと聞いたランディスたちは、街に入ってすぐに街の様子を見て回ることにした。そして、裏路地で目にしてしまったのが、今の男たちにティキが強姦《ごうかん》されている光景だったのだ。

「じゃあ、きみもバドム？」

「ううん――アタイはちがうよ。アタイのいたギルドも、バドムじゃない。バドムから仕事をもらってる人間のギルドさ」

思わず、ランディスたちは互いに顔を見合わせていた。

アルディーヌは、バドムはひたすらに人間に虐《しいた》げられてきた、と言ったが――クルアスタに関しては、その立場は逆のこともあるらしい。

それにティキはバドムという単語をごく自然に口にした。ずっとレンガルトと戦ってきたアーネスはバドムを知らなかったたし、傭兵《ようへい》だったノリスは時折目にしたことがあると言ったが、ティキの暮らしていた世界ではバドムは人間とともにごく当然のように存在しているものなのだ。

「無理よ、足抜けなんて」

ノリスがちいさく頭を振る。傭兵稼業の長かったノリスは断片的にだがクルアスタについての噂をいろいろと知っているのだ。

「逃げ出したところで、追われて絶対に殺されるわ。抜けるぐらいならクルアスタに関《かか》わっちゃいけない」

「そんなこと言われたってね」

苦笑いのようなものを浮かべて、ティキは殴られたあとが痛むのか顔をしかめた。

「もう関わっちまったし――足抜けに失敗して、やり殺されるところだったのさ」

「じゃあ、もしかしてさっきの連中は、まだきみを追うってこと？」

「ああ」

ティキはあっさりと頷いた。

「下っ端の組織でしかないけどね――それだけにクルアスタに対してメンツを立てないと仕事がもらえなくなる。アタイを殺すまでしつこく追いかけてくるだろうよ」

「そんな……」

クレアが眉《まゆ》をひそめる。

「それがわかっていて、組織から逃げ出そうとしたんですか」

「もういやだったんだよ、アイツらの仕事をするのがさ。万々が一、うまくすりゃ逃げきれるかもしれないだろ。それに賭《か》けてみたかったんだ」

「これからどうするつもり？　あてはあるの？」

再び口を開いたノリスに、ティキはどこかさばさばしたような笑みを浮かべて頭を横に振った。

「考えてない。まあ……どこへ行ったって追われるからね。どこへ行こうか、これから考えるよ」

「ランディス……」

ノリスの目が、何かを訴えるようにランディスに向いた。ランディスも頷きを返す。

下部組織とはいえ、クルアスタから逃げようとしているなら、ティキにとってバドムは敵ということだ。行くあてがなく、そしてどこへ逃げても追われて狙《ねら》われるのであれば、あるいは――ランディスたちが彼女を守ってやることができるかもしれない。

「ねえ、ティキ。もし行くあてがないなら、僕たちと来る？」

「え――？」

「僕たちはレンガルトと戦っているんだ。つまりは、バドムと。僕たちと一緒にいれば、きみを守ってあげることができるかもしれない。……ただ、その………」

そこまで言って、ランディスは口ごもってしまった。

いくらティキを守ることにつながるとはいえ——。

「ただ？」

「私《わたし》たちはナイツなの」

ランディスの言葉を引き取ったのはノリスだった。

「ナイツじゃないと、一緒にはいけない。ナイツになるためには、ランディスに抱かれる必要がある。あなたはそれがいやなんじゃないかってランディスは心配してるの」

「……なんだ、そんなこと？」

くくっ、とティキは喉《のど》を震わせて笑った。

「アタイはべつにかまわないよ。そっちの——ランディスだっけ？　アンタが、今見たとおり、ちんぴらにマワされてたような女でもいいならね」

「ここで話しているより、とにかく、どこかに宿をとりましょう」

クレアがそっとティキの肩に触れた。

「詳しい話は、そこで。ね？　傷の手当てもしなくちゃいけませんし」

「……ああ」

頷いて、ティキは立ち上がった。唇の端ににじんでいた血を手の甲でこすって、うすく笑う。

「このくらい、傷ってほどじゃないけどね」

「だめですよ。ちゃんと手当てをしなくちゃ。傷が残ってしまったらどうするんです」

まじめな顔で叱《しか》ったクレアをティキはきょとんと見つめて、そして笑い出した。


ティキの手当ては同じ女性のクレアたちに任せたランディスの部屋の戸を、しばらくしてかるく叩《たた》く音がした。

「はい――」

「入るよ」

そう言った時には戸はもう開いて、ティキが部屋の中に入ってきていた。後ろ手に戸を閉めて、ティキはためらいのない足取りで部屋を横切ってくる。

「手当ては終わったの？　体は平気？」

「たいしたケガしてたわけじゃないから。――聞いたよ」

「うん？　聞いた、って……何を？」

「アンタ、グランダの王子なんだってね」

どこか冷めたような瞳《ひとみ》がランディスを見た。

「アタイたちの組織にも、回状がきたよ。グランダの竜王子を見つけたら殺せ、って」

「……！」

「アタイはもう組織抜けたけど……気をつけなね。けっこうな賞金かかってるよ」

身の引き締まる気分がして、ランディスは頷いた。

「……レンガルトは、そんなことまでして僕を……」

「レンガルトっていうより、クルアスタだね。クルアスタはバドムの暗殺集団だから」

「暗殺……?!」

ティキは淡々とした様子のまま、頷いた。

「レンガルトよりずっと昔からある組織だよ。バドムは昔から汚い仕事が大好きだからね。……まあ、そんな連中から仕事もらってる人間の組織も多いんだから人間もバドムも似たようなもんだけど」

納得して、ランディスは頷いた。ならばクルアスタもやはり、バドムへの抑圧の歴史が生み出した組織なのだ。与えられる職が減っていき、生活のためにバドムが請《う》け負《お》うようになった仕事の中に暗殺があり、いつしか暗殺集団クルアスタが生まれたのだろう。そして今は同胞の建《た》てた国レンガルトの裏の顔として、協力している……。

「レンガルトだけじゃなく、クルアスタも解体しなくちゃいけないな——」

そうすれば、ティキを狙う組織もなくなるということになる。

「クルアスタの本拠地がどこか、知ってる?」

「よくは知らない」

見やると、ティキはちいさくかぶりを振った。

「でもジュアレスの組織はすごく大きいって話だよ。ここのクルアスタも、しょっちゅうジュアレスと連絡をとってる。本部か、それに近いものがあるんじゃないかな」

「ジュアレスか……」

ランディスは頷いた。

ジュアレスは隣国、ジュアレスの首都だ。国の要だけあって大きな街だし、それにジュアレスの向こうはもうレンガルトだ。

レンガルトのフィルネスと連絡をとりあって連携して動くためには、本拠地は互いに近い場所に構えたほうが何かと便利だ。それならばレンガルト領内でもいいのかもしれないが、同じ国の中にいるよりは別の国で活動していたほうが集まる情報も多くなる。

遠すぎず、近すぎない場所にバドム第二の拠点を置くとすれば、ジュアレスはかなり理想的な場所だといえるだろう。

考えに沈んでいたランディスの耳に、しゅる、しゅるっ、というかすかな物音が忍びこんできた。顔をあげると、なんとティキが自分の服を脱ぎはじめている。

「ティ……ティキ?」

「ナイツにしてくれるんだろ？」

「う、うん……。でも、あの——……まだ明るい、し……」

「時間なんかいつだって同じだよ。さっさとすませちまおう」

「あ、ちょっと……ティキ……」

戸惑うランディスの肩に手をかけ、立ち上がらせると、ティキはそのまま、ランディスをベッドに押し倒していった。

「あっ……ティキ………」

ティキの手が股間《こかん》にのびてきて、そこをいやらしくまさぐる。

思わず呻き声がもれた。背筋を熱い戦慄《せんりつ》が震わせ、ティキの手の中でランディスのものはひくりと震えて頭をもたげはじめた。

「う、っ……」

「大きいね、アンタ……」

かすかな笑みをもらして、ティキが囁《ささや》く。するりと服の中にティキの指がもぐりこみ、じかに握られる。

熱い脈動が一気に高まった。先端に露がにじみ、ぴくぴくとうごめく。

「ふふ……元気だね」

撫《な》でさするようにランディスのものを愛撫《あいぶ》しながらティキが笑った。

「きみが、うまいからだよ……」

お世辞ではなく、ティキの指の動きはひどく巧妙だった。その指先に翻弄《ほんろう》されてランディスは喘《あえ》ぎ、自分からもティキの体をまさぐる。

「あぁ……」

触れたティキの肌はすでに熱を帯び、しっとりとした汗に濡れはじめていた。唇を寄せると、ほのかに甘い香りがする。香水をつけているようではないから、これがティキの体臭なのだろう。

「ぅん……。あ、ぁ……」

悩ましげな吐息をこぼして、ティキはランディスの胸元に頭をこすりつけた。

「ねえ、もう……お願い………」

ひくく囁くなりティキは身を起こし、自らランディスの体をまたいでひくつく先端を己《おの》れのそこへと導いていく。

「あ、っ……」

ちゅぷり、と先端が暖かい泉につかった。

「んっ――……」

吐息をもらして、ティキは腰をくねらせながら徐々にランディスを迎え入れていく。

「あぁ、すごい、おっきい………あ、ぁっ……いい………」

うわごとのようにそう呟《つぶや》きながら、ティキはランディスの上で腰を上下させる。

ティキの中はひどく熱く、そして柔らかかった。まるで肉襞《にくひだ》の一つひとつが自分の意志を持っているように自在にうごめく。

「ティ、ティキ……………！」

「あ、ぁっ！」

ティキの引き締まった腰をつかみ、下から大きく突き上げるとティキが詰まった声をあげて背をのけぞらせる。

「だ、だめだよ、そんなに……あ、ぁっ……ア、アタイ、あぁっ！」

「うぅっ……」

きゅっ、とティキのそこがひきつれるように絞れて、腰の奥から熱いものがこみあげてくる。

「く、ティキ……ぼ、僕…………」

「あっ、あ！　な、何か……あっ、何か、来る………あっあっ……ああ……っっ！」

のけぞった上体をさらにしならせ、ティキが全身をつっぱらせて痙攣《けいれん》する。

「あぁ……っ！」

ランディスの幹から精を搾《しぼ》り取ろうとするようにティキのそれがあやしく蠕動《ぜんどう》する。

「あぁあっ、い、いく、いっちゃうっ！　あっ、ひ……ぁあああーーーっっ！」

ティキが長い絶叫を放ち、ランディスもほぼ同時に、強く痙攣するティキの中へと已れの精を解き放った。


遠くから、どん、どぉん、と重い音が響いてくる。

聞き覚えのある音——攻城器の放つ大岩が城壁に叩きつけられ、そして地面に落ちる音だ。その合間に剣戟《けんげき》や悲鳴、鬨《とき》の声なども聞こえてくる。

どうやら大規模な戦闘が、オルターの城を舞台に展開されているらしかった。

「ランディス」

志願して斥候に出ていたティキが駆け戻って来た。

「どうだった——様子は」

「やばい」

ティキの報告は簡潔だった。

「オルターの残兵がレンガルトを街から締め出そうと蜂起《ほうき》したらしいんだけど——戦力に開きがありすぎる。もう兵隊はほとんど殺されて、時間の問題だよ」

「敵を指揮してるのは？」

「それが」

重ねての問いにティキは困惑したように表情を曇らせる。

「アタイには、ちっちゃい女の子に見えた……」

「ビュリか！」

「！」

ランディスの声に、マレーナが顔をこわばらせたのがわかった。

「マレーナ……？　きみは、ここに残ってる？」

「……いいえ」

ためらいがちに尋ねると、しかしマレーナはきっぱりとかぶりを振った。

「大丈夫です。行きましょう、ランディスさま」

「——……うん」

頷いて、ランディスはナイツたちに散開を命じた。

傷ついて地面に膝をつき、かろうじて宝玉の杖《つえ》で上体だけを支えている少女は、ひどくか弱く、そして脆《もろ》い存在に見えた。

しかし、ランディスを睨みつける瞳だけは憎々しげに燃えていた。

「ビュリ……」

「さわるんじゃないわよッ！」

思わず手をのばすと、ビュリはその杖でランディスの手を払った。

「うッ、く…………」

支えを失って、がくりとビュリの体が崩れ落ちる。

「もう、やめるんだ、ビュリ――」

ランディスは頭を振った。

「もう、戦いは終わった。きみは……負けたんだ」

「ま、だ……終わって、……ない、わよ！」

全身で大きく喘ぎながら、ビュリはなおも険しい視線でランディスを睨みつける。

これほどちいさな、まだ幼くさえ見える体のどこにこれほどの憎悪が、と思ってしまうほどの、視線だった。

「アンタだけは、……絶対、許さないんだから……ッ！」

「どうして――そうまで僕を憎むんだ」

やるせない思いに、ランディスは顔を歪める。

「きみにはもう、戦う体力なんか残っていないだろう」

「た、たとえ、死んだ、って……アンタなんかに…………ぅぐっ！」

ビュリは激しく咳《せ》き込《こ》み、呻いた。

「アンタが……おねえちゃんにしたこと、アタシ知ってるんだからね……！」

「おねえちゃん……？　アルディーヌか。彼女は、回復した？」

「……！　何きれいごと言ってンのよッ！」

また、ビュリの瞳に憎悪が燃え上がる。

「アンタが、アル姉をずたぼろにして、めちゃくちゃに……辱《はずかし》めたんでしょッ！　よくもそんな、こと……、言えたもんね！」

「ま……待てよ！　僕はそんなこと、していない！」

「ウソつくんじゃないわよッ！　……うっ、げほっ……！」

叫んだビュリは激しく咳き込んだ。

「アル姉は、すっっっごい落ち込んでるんだから！　あのアル姉が……アンタに生き恥かかされたんでなかったら、アル姉が……あんな顔するはず……う、く………」

「だ、だって……」

身に覚えのない糾弾《きゅうだん》にランディスは戸惑い、そして立ち尽くす。

ふうっ、とアーネスが息をついた。

「まあ──ある意味、最大の屈辱だったかもしれないけどね」

「え──？」

「だってさ。あの女、どう見ても武人一辺倒、って感じだったじゃないか。敵に負けて、とどめをさされるどころか、助太刀に来た仲間に傷の手当てをしてやってくれ、なんて頼まれたんだよ？　それはそれで、かなりの屈辱だろうさ」

それを聞いていたビュリが大きく目を見開いた。

「それに、ランディスは女性を――そういうふうに辱めたりはしません」

クレアがビュリの顔をのぞきこむ。

「ランディスと交わるということは――その相手をナイツにするということですもの。敵だと思っている相手ならなおのこと、そういうことはしません」

「…………」

黙り込んでしまったビュリは、――途方に暮れているようにしか見えなかった。

「……ぁ…………」

だが、そこまでがビュリが気力を保っていられた限界だったようだった。ゆらりと少女の体がかしぎ、そして地面に倒れ込む。

抱き起こし、ランディスは背後をふり返る。

「クレア。手当てをしてあげて」

「ええ――」

微笑《ほほえ》んでクレアは頷き、ランディスの腕からビュリを抱き取った。

オルターで宿をとり、それから数日をランディスたちはこの街での休息にあてた。ビュリの容態が予断を許さなかったし、戦闘で傷ついたのはビュリだけではなく、ナイツたちにも、そしてランディス自身も、休養が必要だった。

あえて、ランディスはビュリの見舞いには出向かなかった。ビュリにしても、おそらくランディスの顔は見たくはないだろう。そう思ったからだ。

ビュリもだいぶ回復し、そろそろ出発できそうだという報告を受けて、出立を翌朝と決めた、その夜遅く。

ランディスの部屋がノックされた。

荷物をまとめ、明日にそなえてそろそろ眠ろうかと思っていたランディスは首を傾《かし》げてドアをあけにいく。

「…………きみは」

「入れて」

ドアの向こうに立っていたのは、ビュリであった。

「話があるの」

「……わかった。どうぞ」

ランディスは頷いて、ビュリが通れるように場所をあけてやる。

ドアを閉めながら、あるいはビュリは彼を殺しに来たのかもしれない、とランディスは考えた。

だが、ナイツの誰《だれ》かを呼ぼうとは思わなかった。

もしビュリに殺されるなら、自分はそこまでの存在でしかないのだ。ビュリを助けたことを恩に着せるつもりはなかったし、どうしてもそうしなければビュリの気がすまないというのなら——それもいいだろう。

「剣ならそこだよ」

「……アンタを殺しにきたわけじゃないわ」

剣を置いた場所を示すと、ビュリはいくらか唇を尖《とが》らせる。

「…………アタシ、頼みがあってきたの」

「頼み？　何？」

「アタシをアンタと一緒に連れてって」

瞬間、ランディスは絶句した。

「一緒に、って…………」

「アタシをナイツにしてほしいの。アンタと一緒に戦いたい」

「ま……待ってよ、ビュリ」

ランディスはまだ半ば呆然《ぼうぜん》としたまま、頭を振る。

「何を言ってるの、きみは。だって——僕たちはレンガルトと……きみの国と戦ってるんだよ？　ナイツになるってことは、自分の同胞と」

「いいの。アタシ決めたんだから」

　きゅっと唇を結んで、ビュリはそう言った。

「アタシ――間違ってたわ。……ううん、レンガルト――バドムは間違ってるんだ、って気がついたの」

「ビュリ……」

「アタシね、ずっと――竜人はやっぱりバドムを皆殺しにすることに決めて、その準備を進めてる、って聞かされてた。先に戦いを仕掛けて、人間を皆殺しにしなくちゃアタシたちが殺されるんだ、って。バドムの兵士もみんな、そう思ってる――思わされてるの」

「そんな……ことを？」

「アンタのナイツと……看病してもらってる間に話をしたりして、そうじゃないんだ、っていうことがわかったの。アタシたちはフィルネスさまに……ううん、フィルネスにだまされてたんだ、って。バドムのためにも、フィルネスを倒さなくちゃいけないと思うの。だから、アタシをナイツにして。アンタと一緒に連れてって」

　ランディスを見つめるビュリの瞳はまっすぐで、そして澄んでいる。

　真実を――悟った人の、目だった。

　たしかに今までは敵だったが――ビュリはバドムだが、それでも真実に触れれば彼らはわかりあうことができるのだ。

「……わかった」

ランディスは頷き、ビュリを抱き寄せた。ぴく、とビュリが体をこわばらせる。

「あ、……あのね」

「うん？」

見下ろすと、ほんのりとビュリの頬《ほお》が恥じらいに染まっている。

「その、アタシ………はじめ、て……なの……」

「——……うん」

消え入りそうな声に、ランディスは微笑んで少女を強く抱きしめた。

「大丈夫だから。僕に任せて。痛くないように、するから……」

囁くと、いっそう真っ赤になったビュリがこくんと頷いた。


「んっ……あっ！　いやぁん……っ」

小刻みに舌をうごめかせると、ビュリはしゃくりあげるような声をもらして、ひくひくと太腿《ふともも》を痙攣させた。

「あ、あんっ！　いや、なんか……なんかヘンだよぉ……」

「変じゃないよ、ビュリ」

ビュリのそこに顔を寄せたまま、ランディスは囁いた。

「感じてるんだよ」

「ふぁんっ！　ひっ、あ、あぁん………」

左右から手を添えて押し広げて露出させたちいさな肉芽《にくが》はぷっくらと充血して、淡い真珠色の輝きを放っている。唾液《だえき》をたっぷりとのせた舌先でつつき、やさしく転がしてやるとビュリはまだ幼いまるみを残す体をもどかしげによじってまた甘い声をあげた。

「あっ、いやぁん……もういやぁ………ランディス、さまぁ……。あ、アタシ、ヘンだよぉ……ぅんっ、あっ、あぁぁん……」

ビュリのそこは体つき同様見た目も幼く、入り口もかなり狭そうだ。だがランディスの丹念な愛撫に、はじめはぴったりと閉ざされていた入り口もほころび、あまり量が多くはなかったがとろりとした愛液がにじみはじめていた。

「ね、ねえ……もう……もうどうにかなっちゃいそう……なんか、むずむずするのぉ、ねえ……。ふあぁん、お願い……なんとかしてぇ……」

はじめて経験する強烈な快楽に、ビュリは半ば泣き出しかけていた。

「うん。……わかったよ」

半泣きの声にランディスは微笑み、身を起こしてビュリの髪を撫でてやった。

にじんできた蜜液《みつえき》の量はそれほど多くはなかったが、ランディスの唾液も潤滑剤として機能するだろう。

「あっ、あっ……！」

ビュリの、幼いがそれだけに素直な媚態《びたい》にすでにすっかり興奮し、そそりたっていたものを割れ目にこすりつけ、ビュリの肉芽を刺激する。

「ぁんっ、ああんっ！」

幾度かそれをくり返して、砲身全体にぬめりを塗り広げる。

「はっ、はぁあん……」

ビュリは目をとろんと潤ませて、大きく喘いでいる。ビュリがこれから自分の身に起こることを意識しないでいるうちにと、ランディスは一気にビュリの中へと己れのものを侵入させた。

「ひぁっ！」

ビュリが鋭く息を飲む。途中でわずかな抵抗があったが、勢いに任せて腰をすすめるとぷつっ、という感触とともに抵抗はついえた。

「あっあっ……あぁぁっ！」

恐怖に似た表情で目を見開いたビュリがひきつれた悲鳴をあげる。

「もう、……入ったよ、ビュリ」

こわばった体を抱きしめて、ランディスは囁いた。

「え……？　も、もう……入ったの……？」

「うん。ほら――わかる？　僕が入ってるの」

「あ――……」

かるく腰を揺らしてやると、ビュリは息を飲む。そして、かあっと顔を赤くした。

「う、うん……入って、る…………」

「一つになったんだよ、僕たち」

「……一つ、に…………」

「そう」

見上げてきたビュリに頷きかける。

「あ――……っ！」

ゆっくりと腰をうねらせると、ビュリはまたちいさく息を飲む。

「痛い？」

「……ううん…………。平気……」

まだ緊張の残る顔つきで、しかしビュリはかぶりを振る。

「痛いんじゃなくて、なんか……はさまってる感じがする……」

「ちょっとだけ我慢してね」

ビュリを腕の中に抱きしめてやったまま、ランディスはビュリの中で動きはじめる。ビュリはじっとされるままになっていたが、やがてもじもじと身じろぎをはじめた。

「どう、したの……？」

はじめて異性を受け入れた場所はせまく、きしきしと軋《きし》む。新鮮なその感触にかなり高まってきていたランディスは、息が乱れはじめていた。

「痛い？」

「ううん……」

ちいさくビュリは頭を振る。

「なんか……ヘン、なの、……アタシ……あそこ、じんじん、して……あっ……」

ビュリがかすかな声をもらし、ランディスを受け入れた場所が同時にひくっと震えた。感じてきたのだろうか。

「さっきみたいな、変な感じ？」

「う、うん……あっ、いや……」

「こわがらないで。大丈夫だから。……ここ？」

「ぁ——！」

ビュリが反応を示した場所をもう一度刺激してやると、今度ははっきりと、ビュリは声をあげた。

「あ、あんっ、だ、だめ……そこだめ……あっ、あんっ！」

「う……」

ビュリがしがみついてくる。もとから狭かった場所が強く締まって、ランディスはこみあげてきた射精感に呻く。

「ビュリ……あ、ぁ……」

「あっあっ、いや、あ――なに？　なんか……なんか来る……あっ、あぁん……っ！」

「あぁ…………っ！」

「ひぁぁ……っっっ！」

大きくビュリの体が痙攣する。

細く甲高《かんだか》い悲鳴をもらして絶頂を迎えたビュリと同時に、ランディスもこらえきれずビュリに脈打つものを注ぎ込んでいった。


くちゅっ、くちゅっ、とうす暗い牢《ろう》に粘液の音が響く。

「…………ぁ、っ……」

懸命《けんめい》におさえこもうとして、しかしこらえきれずにこぼれてしまった淫《みだ》らな声が、しんと冷えた空間に響く。

「んっ、あ…………い、や……」

「何がイヤぁ、だよ。こんなにしてやがるくせに」

「ぅ、っ……はっ、あ――……」

少女は身をよじり、ほっそりとした太腿の間に割り込んでその奥を容赦なく蹂躙《じゅうりん》する指先から逃れようと体を引く。

しかし、すでに少女の背は石の壁に押しつけられており、もうあとはなかった。

「あ、あっ……」

ごくうすい下生えの奥をさぐる指は無慈悲に柔らかな粘膜をこね、刺激に充血し勃起《ぼっき》してしまった肉芽を無情につまみあげる。

「ぁあ……っ！」

絶望的な細い悲鳴。かるい絶頂に、少女の体が細かく痙攣する。

「へっ、イキやがった。とんだ淫売《いんばい》だな」

「おい――いい加減にしとけよ」

もう一人いた兵士が、咎《とが》めるような声を出した。

「まずいんじゃないのか？　捕虜にそんなこと」

「ほんとにヤリでもしなきゃわかりゃしねえよ。牢につながれてヒマでさみしくて自分でいじくってるうちに淫乱になっちまったんだよ、この女は。そう言えば誰だって信じる」

「何をしているの」

「ひ――ッ！」

ふいに背後から投げかけられた声に、びくっ、と兵士が硬直する。

「囚人《しゅうじん》に勝手なことをしていいと、誰が言ったのかしら？」

ひくく抑《おさ》えられた――だが怒気のはっきりとこめられた声。

兵士たちの表情がひきつる。

「あ、あの……いや、俺《おれ》たちはたんにこの女に誘われただけで」

「見苦しい言い訳ね。――この場で殺されたくなかったら急いで逃げなさい」

「ひ……は、はいッ！」

冷酷に告げた声には殺気がこめられていて、蒼白《そうはく》になった兵士たちが先を争って牢から飛び出していく。

「はぁ……はぁ……」

ようやく蹂躙する指から解放されて、少女はぼんやりと顔をあげる。

「……あ……？」

「久しぶりね、ミルディー」

大きく見開かれた少女――かつてのグランダ王女ミルディーの瞳にうつったのは、兄王子ランディスの幼なじみとしてミルディー自身もよく知っていた女性の姿だった。

「バネッサ、さん……」

「立ちなさい」

短く命じて、バネッサは手にしていた鍵《かぎ》をつかってミルディーを壁にいましめていた鎖を外す。

「………逃がして、くれるんですか」

「来なさい」

ミルディーの問いには返事をせずに、バネッサは先に立って牢を出る。

「あの……バネッサさん………」

再度の呼びかけにも、しかしバネッサは返事をしない。仕方なくミルディーは口をつぐんで、女の背に従って地下牢から続く階段をのぼった。

体がふらつく。グランダが突如レンガルトに攻撃され、身を隠していた隠し部屋になだれこんできたレンガルト兵に縄をかけられてここへ運んで来られてから、どれほどの時がたっているのだろうか。その間、ずっとミルディーは短い鎖で壁に縫《ぬ》いとめられていた。

立ち上がってわずかな距離を移動することだけはできたが、ろくな運動はできなかったし、食事も最低限のものしか与えられていない。かなり体力が落ちているらしく、すぐに息が切れてミルディーはバネッサから遅れがちになっていった。

「………早くしなさい」

ミルディーが遅れていることに気づいたバネッサが足をとめる。懸命に追いつき、ミルディーは荒い息をつく。

「ごめんなさい……足手まといで」

「いいから。この先よ」

「はい……。…………あの。兄さまは……兄さまがどうしているか、知りませんか」

「ランディス？　生きているわよ」

「え……！」

さらりと返ってきた声に、心臓が停《と》まったような衝撃を感じた。廊下にいくつか並んでいた戸のひとつを、バネッサが開いて、中に入るように促す。

言われるまま、その部屋に入ったミルディーの背後で、扉は無情な音とともに、閉ざされた。

「…………えっ？」

鍵をかける音に、ミルディーははっと扉へ駆け戻る。

「バネッサさん？」

「誰が逃がしてあげるなんて言ったかしら」

扉につけられた格子窓の向こうで、懐かしかったはずの女性の美貌《びぼう》が見知らぬ人のような冷たい笑みを浮かべた。

「近々覇王《はおう》フィルネスさまからのお召しがあるわ。そのために牢を移しただけよ」

「あなた、は…………まさかレンガルトに……！」

「ああ、そうそう――ランディスだけれどね」

ミルディーの声は聞こえなかったかのようにバネッサは残忍な笑みを浮かべた。

「今はまだ生きてるけれど――もうすぐフィルネスさまに倒されて死ぬわ」

「――……っ！」

バネッサはきびすを返し、声を飲んで立ち尽くしたミルディーだけが、その場に残された。


〈上巻終わり〉

あとがき

毎度ありがとうございます。前薗はるかです。

えーと……三ページもあとがきあるんですけど、今回（笑）。もしかして私のあとがきの最長記録になるのでは。

そんなわけで、今回はミンクさんの『プリンセスナイツ』の小説を書かせてもらってます。まだ下巻が残ってますから現在進行形です。

ゲームやらせていただいて、あまりに内容が濃くて。いろいろと深いテーマもいっぱい詰まってるお話ですし、どうやってもこれは一冊じゃ書ききれないですと社長さまに泣きついて上下二巻にさせていただいてしまいました。

それでも相当エピソードとか削ったりしないとおさまらないボリュームなんですよね。プロット立てながら何度頭をかかえたことか（笑）。さすがにナイツ二十八人全員は出せないですし。全員との出会いとかえっちとか書いてるとほんとに四冊ぐらい必要になりそうです。

さすがにそこまで無理を言うわけにもいかないので。ごひいきの女の子が登場しないこともあるかと思いますが、そのへんはご容赦くださいね。ほんとはページとページの間に彼女たちとの出会いがあって、ちゃんとランディスの軍にはいるんです、ええ。そうだと思っていてくださいませ。

このゲーム、タクティカルSLGなわけですが、……好きなんですよねえ、前薗こういうゲーム（笑）。コンシューマーにこの種のゲームよくありますが、幾度となくハマったものでした。とは言ってもあんまり緻密なアタマしてないのでうまく戦闘できなかったり、お気にのキャラ死なせちゃってえいリセットだー！とか、進みがのろいのでたいていクリアできないままになっちゃったりするんですが。

でもプリナイは、クリアしないことには小説書けないのでがむばってクリアしました。もともと私はRPGでもすぐ力押しパーティー組んじゃうので（たとえ魔法使いでもひたすら杖で殴らせる）プリナイでもついつい魔法使いちゃんより戦士系、戦士系より脚の速い盗賊系を優遇（笑）。なのでノリスとティキはたいていパーティーに入れてました。

だーっと走ってってべきばきっ！とぶん殴って……でもって孤立してタコ殴りにされちゃうのがよくあるパターンだったりするんですが。ごめんね、こんな司令官で。まあ、彼女たちとしてはランディスに命令されてるわけなのでそれほど不満は持ってないんじゃないかとは思いますが。

そして前薗はやっぱり女なので、男キャラが好きです（笑）。ウィダスいい男です、なかなか！（笑）ちょこっと情けな系なのがまたイイですね。小説のほうには出せなかったですがアーネスに「アンタもナイツになりたいのかい？」って言われてへどもどしてた時にはちょっぴりイケナイ妄想なんかもしちゃったりして。精を受けなくちゃいけないんだからやっぱりウィダスが……よねえ、でもどうせならランディスのほうが、……ってごめんなさい腐ってて。男性のかたにはあんまりうれしくないシーンはゲームにも小説にもありませんのでご安心ください。

そんなこんなでまだ半分です。もう一冊あります。……たぶん、来月ぐらいには出ると思います。せっかくここまでおつき合いいただいたんですから、どうぞ最後までおつき合いくださいませ。美麗な描き下ろしイラストもついてますし！　それだけでも下巻も買う価値ありますよ！

というわけでまた下巻でお会いしましょうね。

2002年6月　前薗はるか　拝

Princess Knights《プリンセス ナイツ》 上巻

2002年 6 月25日 初版第 1 刷発行

著　者　前薗 はるか
原　作　ミンク

発行人　久保田 裕
発行所　株式会社パラダイム
〒166 -0011東京都杉並区梅里2-40-19
ワールドビル202
TEL03-5306-6921 FAX03-5306-6923

装　丁　林 雅之
印　刷　株式会社秀英

乱丁・落丁はお取り替えいたします。
定価はカバーに表示してあります。

既刊ラインナップ

定価 各860円+税

1 悪夢～青い果実の散花～
2 脅迫
3 痕～きずあと～
4 慾～むさぼり～
5 黒の断章
6 淫従の堕天使
7 Esの方程式
8 歪み
9 悪夢 第二章
10 瑠璃色の雪
11 官能教習
12 復讐
13 淫Days
14 お兄ちゃんへ
15 緊縛の館
16 密猟区
17 淫内感染
18 月光獣
19 告白
20 Xchange
21 虜2
22 飼
23 迷子の気持ち
24 ナチュラル～身も心も～
25 放課後はフィアンセ
26 骸～メスを狙う顎～
27 朧月都市
28 Shift!
29 いまじねぃしょんLOVE
30 ナチュラル～アナザーストーリー～
31 キミにSteady
32 ディヴァイデッド
33 紅い瞳のセラフ
34 MIND
35 錬金術の娘
36 凌辱～好きですか？～
37 My dearアレながおじさん
38 狂＊師～ねらわれた制服～
39 UP！
40 魔薬
41 臨界点
42 絶望～青い果実の散花～
43 美しき獲物たちの学園 明日菜編
44 淫内感染～真夜中のナースコール～
45 My Girl
46 面会謝絶
47 偽善
48 美しき獲物たちの学園 由利香編
49 せ・ん・せ・い
50 sonnet～心かさねて～
51 リトルMyメイド
52 flowers～ココロノハナ～
53 サナトリウム
54 はるあきふゆにないじかん
55 プレシャスLOVE
56 ときめきCheck in!
57 散櫻～禁断の血族～
58 Kanon～雪の少女～
59 セデュース～誘惑～
60 RISE
61 虚像庭園～少女の散る場所～
62 終末の過ごし方
63 略奪～緊縛の館 完結編～
64 Touchme～恋のおくすり～
65 淫内感染2
66 加奈～いもうと～
67 PILE・DRIVER
68 Lipstick Adv.EX
69 Fresh!
70 脅迫～終わらない明日～
71 うつせみ
72 Xchange2
73 M.E.M.～汚された純潔～
74 Fu・shi・da・ra
75 絶望～第二章～
76 Kanon～笑顔の向こう側に～
77 ツグナヒ
78 ねがい
79 アルバムの中の微笑み
80 ハーレムレーサー
81 絶望～第三章～
82 淫内感染2～鳴り止まぬナースコール～
83 螺旋回廊
84 Kanon～少女の檻～
85 夜勤病棟
86 使用済～CONDOM～
87 真・瑠璃色の雪～ふりむけば隣に～
88 Treating 2U
89 尽くしてあげちゃう
90 Kanon～the fox and the grapes～
91 もう好きにしてください
92 同心～三姉妹のエチュード～
93 あめいろの季節
94 Kanon～日溜まりの街～
95 贖罪の教室
96 ナチュラル2 DUO 兄さまのそばに
97 帝都のユリ
98 Aries
99 LoveMate～恋のリハーサル～
100 恋ごころ
101 プリンセスメモリー
102 ぺろぺろCandy2 Lovely Angels
103 夜勤病棟～堕天使たちの集中治療～
104 尽くしてあげちゃう2
105 悪戯Ⅲ
106 使用中～W.C.～
107 せ・ん・せ・い2
108 ナチュラル2 DUO お兄ちゃんとの絆
109 特別授業
110 Bible Black
111 星空ぷらねっと
112 銀色
113 奴隷市場
114 淫内感染～午前3時の手術室～
115 懲らしめ 狂育的指導
116 傀儡の教室
117 インファンタリア
118 夜勤病棟～特別盤 裏カルテ閲覧～
119 姉妹妻
120 ナチュラルZero+
121 看護しちゃうぞ
122 みずいろ
123 椿色のプリジオーネ
124 恋愛CHU! 彼女の秘密はオトコのコ？

最新情報はホームページで！　http://www.parabook.co.jp

125 エッチなバニーさんは嫌い？
原作：ジックス　著：竹内けん

126 もみじ「ワタシ…人形じゃありません…」
原作：ルネ　著：雑賀匡

127 注射器2
原作：アーヴォリオ　著：島津出水

128 恋愛CHU！ヒミツの恋愛しませんか？
原作：SAGAPLANETS　著：TAMAMI

129 悪戯王
原作：インターハート　著：平手すなお

130 水夏～SUIKA～
原作：サーカス　著：雑賀匡

131 ランジェリーズ
原作：ミンク　著：三田村半月

132 贖罪の教室BADEND
原作：ruf　著：結字糸

133 -スガタ-
原作：MayBeSOFT　著：布施はるか

134 Chain失われた足跡
原作：ジックス　著：桐島幸平

135 君が望む永遠 上巻
原作：アージュ　著：清水マリコ

136 学園～恥辱の図式～
原作：BISHOP　著：三田村半月

137 蒐集者　コレクター
原作：ミンク　著：雑賀匡

138 とってもフェロモン
原作：トラヴュランス　著：村上早紀

139 SPOT LIGHT
原作：ブルーゲイル　著：日輪哲也

140 Princess Knights上巻
原作：ミンク　著：前薗はるか

141 君が望む永遠 下巻
原作：アージュ　著：清水マリコ

142 家族計画
原作：ディーオー　著：前薗はるか

143 魔女狩りの夜に
原作：アイル　著：南雲恵介

144 憑き
原作：ジックス　著：布施はるか

145 螺旋回廊2
原作：ruf　著：日輪哲也

146 月陽炎
原作：すたじおみりす　著：雑賀匡

147 このはちゃれんじ！
原作：ルージュ　著：三田村半月

148 奴隷市場ルネッサンス
原作：ruf　著：菅沼恭司

149 新体操（仮）
原作：ぱんだはうす　著：雑賀匡

150 Piaキャロットへようこそ!!3 上巻
原作：エフアンドシー　著：ましらあさみ

151 new～メイドさんの学校～
原作：SUCCUBUS　著：七海友香

152 はじめてのおるすばん
原作：ZERO　著：南雲恵介

153 Beside～幸せはかたわらに～
原作：F&C・FC03　著：村上早紀

155 性裁　白濁の禊
原作：ブルーゲイル　著：谷口東吾

157 Sacrifice～制服狩り～
原作：Rateblack　著：布施はるか

好評発売中！

〈パラダイムノベルス新刊予定〉

☆話題の作品がぞくぞく登場！

7月

162. Princess Knights《プリンセスナイツ》下巻

ミンク　原作
前薗はるか　著

　フィルネスはついに邪神ガルデスを復活させてしまう。強大な敵に怯えるクレアを抱きしめ、ランディスはガルデス打倒を決意した。決戦の場はビスアドム島。そして最後の闘いが始まる!!

166. はじめてのおいしゃさん

ZERO　原作
三田村半月　著

　ゆうなとまいなは仲良しな双子姉妹。近所の開業医のお兄ちゃんとはお医者さんゴッコをする間柄だ。興味本位で始めたのだけど、お兄ちゃんのことが、本気で好きになっちゃって…？

7月